Le Livre de Poche Jeunesse

Hillary Homzie

Hillary Homzie est auteure et dramaturge. Elle enseigne les communications et les études médiatiques à la Sonoma State University et donne des conférences à travers les États-Unis. Elle vit en Californie.

CRUSH CACAO

et sucre vanillé

Hillary Homzie

CRUSH CACAO et sucre vanillé

Traduit de l'anglais
par Anne-Laure Bell

CHAPITRE 1

UNE DOUCE RENCONTRE

– Commande ce que tu veux, me dit ma sœur Elvie.

On est au Friendly Bean Café du centre commercial près de chez nous. Cet endroit sent le café, la crème fouettée et le chocolat.

– Ce que je veux ? Quand maman m'amène ici, elle ne me laisse prendre que du chocolat chaud. Elle pense que j'ai encore cinq ans.

Elvie sourit.

– Ce que tu veux. Je te l'offre.

– D'accord !

Et là je me dis : les grandes sœurs c'est génial.

Trois personnes font la queue devant nous. On est samedi après-midi et le café est bondé. Dans la salle, des mamans discutent ensemble pendant que leurs bébés mâchouillent joyeusement des biscuits. Des jeunes du lycée papotent et rigolent, quelques clients tout seuls regardent leur téléphone ou lisent le journal. On entend un sifflement quand le serveur fait chauffer du lait à la machine.

Elvie m'a conduite au Friendly Bean pour me parler de quelque chose. Mais je ne sais absolument pas de quoi. Je me sens à la fois excitée et inquiète.

– Et tu me promets que ce n'est pas une mauvaise nouvelle ? je lui murmure.

Elvie me fait non de la tête.

–Je te le promets. Mais c'est vraiment important Maddie. Une discussion de sœurs.

Elle me montre le menu.

– Maintenant, concentration. Ils ont des cafés frappés, des cappuccinos, des *latte*, des thés, et servent toutes les sortes de cookies et de fondants au chocolat qu'on peut imaginer.

– Je peux aussi prendre un gâteau ?

– Fais-toi plaisir ! Après tout, tu entres en cinquième cette semaine.

– Et toi en terminale, j'ajoute.

– Argh. Pas besoin de me le rappeler.

Elvie n'arrête pas de dire combien son année va être difficile. Elle s'est inscrite à trois cours préparatoires à l'université et ça la fait stresser. Mais je ne sais pas pourquoi. Elle a toujours des A.

– OK, je promets de ne plus jamais te rappeler combien ça va être difficile... mais ça va l'être !

On rit en avançant vers le comptoir. À une table pas loin de nous, il y a un groupe de filles en train de chuchoter. Je ne les connais pas, mais j'ai l'impression qu'elles me regardent de haut. Tout à coup, Jana Patel, ma meilleure amie, me manque vraiment. Cela fait deux semaines qu'elle est partie avec sa famille dans leur chalet de vacances dans le New Hampshire.

– Si tu me disais ce que tu veux que je te commande, tu pourrais aller nous chercher une table, ça devient super bondé ici, me dit Elvie voyant derrière elle de plus en plus de gens passer les portes.

J'étudie le menu du jour. Hmm, j'adore le goût chocolat vanillé. Après m'être décidée pour un frappé glacé au chocolat vanillé et un muffin chocolat vanillé, je pose mon coupe-vent sur le dos d'une chaise et regarde par la fenêtre. Maman a insisté pour que je l'emporte même si dehors il fait une chaleur écrasante. Le soleil étincelle, le ciel est parfaitement bleu avec quelques nuages blancs mousseux.

Elvie attrape nos boissons.

– Et voilà, me dit-elle en me donnant mon frappé chocolat vanillé. Ton muffin arrive.

Elle se retourne pour payer au comptoir. Alors que je me dirige vers nos places, je vois deux dames, cramponnées à leurs sacs de courses, qui s'apprêtent à s'asseoir à notre table. La table où je venais de poser mon coupe-vent ! Comment ont-elles pu ne pas le voir ?

Ma boisson en main, je me précipite vers elles avant qu'elles ne s'assoient. Dans mon empressement, je ne vois pas le garçon qui se dirige vers la file d'attente. Je bute contre lui avec le gobelet, le couvercle de mon frappé glacé chocolat vanillé est éjecté et tout le contenu se renverse sur sa chemise. Je dis bien *tout*. La crème fouettée, le supplément tourbillons de caramel, les différents saupoudrages et tout le reste de glace.

Le garçon sursaute et émet un grognement de surprise. Sa voix grave est surprenante.

– Oh là là ! crie quelqu'un.

Des chaises crissent contre le sol. Tous les regards sont braqués sur moi.

– Désolée… désolée… désolée… je dis en regardant sa chemise.

Et puis je lève les yeux. Et là, c'était peut-être une erreur, car le garçon qui me regarde est très mignon. Vraiment mignon. Le genre qu'on regarderait toute la journée s'il était une photo de l'annuaire du lycée. Ses yeux ont la couleur bleue du ciel. Ses dents ont la blancheur de la crème fouettée. Il a une boucle de cheveux auburn qui tourbillonne sur le front, un peu désordonnée mais en même temps pas en pétard, comme balayée par le vent ou un truc dans le genre. Il a d'adorables fossettes et des taches de rousseur saupoudrent son nez.

Je crois que je dis un truc du genre :

– Je vais aller… serviettes… maintenant…

Mais je n'en suis pas vraiment sûre.

– Ça va, pas grave, dit le garçon.

Une personne de l'établissement vient vers nous et lui tend un torchon en disant qu'elle revient tout de suite avec une serpillière.

– En fait j'avais besoin de me rafraîchir, dit le garçon en s'éventant le visage avec sa main. Je reviens juste d'un entraînement. Il a fait vraiment chaud.

Il est trop mignon. Je m'inquiète ; si ça se trouve c'est un mirage ou le fruit de mon imagination. Peut-être que j'ai absorbé trop de sucre. Cela dit, bien sûr, je n'ai pas encore bu mon café frappé, vu qu'il est en train de dégouliner sur ce garçon. Je me rue vers les serviettes. Il y en a une pile marron sur le comptoir, à gauche. Elles sont maintenant dans ma main et je m'apprête à essuyer le mélange sucré qui colle à sa chemise, mais je m'arrête juste à temps : je ne dois montrer aucun signe de détresse, même si pour le moment je me sens complètement stupide. Respire, je me dis à moi-même. Respire. Parmi mes copines, c'est moi la calme, la raisonnable, celle à qui on peut se confier et qui ne va pas aller tout raconter.

Ma sœur se précipite avec un autre tas de serviettes pour aider à réparer les dégâts.

– Désolée pour tout ça, dit-elle au garçon comme si j'étais une petite fille.

Quant à la personne à la serpillière, plus de nouvelles… Elvie part me commander un nouveau frappé chocolat vanillé et chercher une nouvelle table.

Je me retrouve seule devant le garçon. Je sens mon visage rougir. Et là, je remarque qu'il y a écrit « Collège Northborough » sur sa chemise. C'est mon collège ! Mais je n'ai jamais vu ce garçon avant. Croyez-moi, je me serais souvenue de ces yeux ! Non pas que je sois obnubilée par les garçons. Non. Je suis juste normale, je crois. À l'opposé de Jana, qui a un coup de cœur par semaine et le fait savoir à tout le monde. J'ai envie de demander à ce garçon pourquoi il porte une chemise de Northborough, mais trop embarrassée, je me contente de lui donner les serviettes.

– Merci, dit-il. Maintenant ma chemise aura l'odeur de Thanksgiving.

Il examine ce qu'il reste de la boisson dans ma tasse.

– C'est ma boisson préférée, je dis.

D'accord, je n'en avais encore jamais goûté. Mais je suis sûre que si j'en avais bu une gorgée, cela aurait été ma boisson préférée.

– J'en ai vraiment mis partout ! Tu as encore des pépites sur ta chemise, dis-je en me tapotant le buste.

– Merci, répond-il alors qu'un autre employé du café arrive vers nous et se met à nettoyer le sol avec une serpillière.

Le garçon me fait un large sourire, et je me dis que je vais me mettre à fondre plus vite qu'une glace qu'on aurait laissée dehors sur un trottoir brûlant.

Je lui rends son sourire et, étrangement, je reste plantée là.

– Au fait, je m'appelle Jacob.

– Maddie.

Je regarde une nouvelle fois sa chemise, et me lance :

– Donc tu vas au collège Northborough ? Je me rappelle pas t'y avoir vu...

Et ma voix se perd.

– Oh, c'est parce que avant j'étais invisible, mais mes super pouvoirs se sont usés. C'est pour ça qu'on peut me voir maintenant.

Je reste là, souriant, je sais qu'il plaisante, mais j'ai vraiment envie de savoir la vérité. Il plisse les yeux et se prend le menton.

– En fait, mes parents m'ont envoyé dans cette école privée, l'Endicott Academy. C'était pénible et loin, et tout. Je les ai convaincus de me transférer à Northborough cette année, pour ma cinquième. J'ai un tas de copains avec qui je joue au foot ici vu que nos équipes changent tout le temps.

– C'est dingue, je réponds. Je fais aussi du foot.

– Cool !

Bon, pas question que je lui dise que je passe la plupart du temps sur le banc. Jana, c'est elle la star.

– Je vais aussi au collège Northborough, dis-je les joues en feu.

Il sourit encore et ses yeux semblent pétiller, tandis que la file d'attente s'allonge toujours plus. Elle fait une boucle jusqu'au fond du magasin. C'est presque trop beau pour être vrai : il est en cinquième, et il a ma taille – presque 1 mètre 74. En général, je domine tous les garçons.

– Bon ben, au revoir, je dis timidement.

– À bientôt, vu que la rentrée c'est mardi.

– Oui, très bientôt donc. Et la prochaine fois que je te vois, je te promets que je ne te renverserai pas de frappé chocolat vanillé dessus.

– Alors quelque chose avec du caramel la prochaine fois ?

Il glousse. J'acquiesce :

– Oui. Je peux faire ça.

Ma sœur me fait de grands signes depuis l'autre bout de la pièce.

– Maddie, viens !

– Je pense que je dois y aller, je dis.

– Oui, moi aussi. Je ferais mieux de me mettre dans la queue avant qu'elle atteigne l'extérieur.

Il jette un œil à Elvie qui tient ma nouvelle boisson au-dessus de sa tête comme si j'étais perdue au milieu d'une foule gigantesque.

– Salut Jacob.

– Salut Maddie.

Il tourne les talons et rejoint sagement le bout de la file d'attente.

Je vais jusqu'à notre nouvelle table sans me retourner. C'est une chance que Jacob ne puisse pas me voir, car j'ai les mains qui tremblent et mon cœur bat aussi fort que les basses quand ils les mettent à fond en cours de danse. Ces yeux ! J'ai l'impression que je vais décoller du sol et planer au-dessus du café pour le reste de l'après-midi !

CHAPITRE 2

DISCUSSION ENTRE SŒURS

– Est-ce que tu as écouté ne serait-ce qu'un mot de ce que je viens de dire ? me demande Elvie.

Elle mord dans son cookie aux pépites de chocolat. Cela fait maintenant cinq minutes qu'on est assises au Friendly Bean, et Jacob fait encore la queue.

– Euh, oui, tu disais qu'au collège, la cinquième, c'est là que ça devient sérieux et qu'on nous donne plein de devoirs, je dis.

– Exactement.

Elle acquiesce, et sa longue queue-de-cheval brune remue. Seulement, c'est vrai que je ne fais pas vraiment attention à ce qu'elle dit : je regarde Jacob. Bon, plutôt le dos de Jacob et ses boucles de cheveux auburn qui effleurent sa nuque. Il n'y a maintenant plus qu'une personne devant lui au comptoir.

– La sixième, c'est surtout la transition entre l'école primaire et le collège, m'explique Elvie.

Elle rassemble ses mains devant son assiette. Ses ongles sont rose corail, c'est discret et joli, comme elle.

– Et en cinquième, ils commencent à te préparer pour le lycée. Tes résultats de cette année vont influer sur tout. Les conseillers d'éducation regardent tes bulletins de collège pour savoir dans quelle classe te mettre au lycée. Si tu veux entrer dans une bonne université, il faut vraiment que tu fasses plus d'efforts, Maddie.

Je prends une bouchée de mon brownie.

– J'ai fait un bonne année là.

– Oui mais tu as eu un B, en arts plastiques.

– Ça c'est à cause de l'exposé oral. Mme Kingston a donné un gros coefficient à cette note.

– Bon, mais il faut que tu surmontes ça.

Elle souffle sur son cappuccino et cela fait une petite vague sur la mousse.

– OK, OK, je réponds, je vais essayer.

Une serveuse nous demande si elle peut débarrasser notre table. Ma sœur hoche la tête, puis se penche au-dessus de la table.

– Maman et papa s'inquiètent, me dit-elle. J'essaie juste de t'aider.

– Ça va aller, je lui réponds. Même si je ne suis pas toujours aussi parfaite que tu peux l'être.

– Je ne suis pas parfaite, dit Elvie.

– D'accord. Mais maman et papa pensent que si.

Elle touille sa boisson.

– Tu n'as pas idée de ce qu'ils me disent quand tu n'es pas là, Maddie. Un A- n'est pas suffisant. Je dois n'avoir que des A. Des A+ même. Ils sont plus coulants avec toi.

Je triture ma serviette. Jacob est maintenant en train de commander. Je me demande ce qu'il va prendre.

– Ça c'est parce que je ne suis pas aussi intelligente que toi.

– Ce n'est pas vrai. C'est juste que tu es plus… distraite, dit-elle. Et tu es très douée pour plein de choses. Comme les trucs artistiques.

Elle regarde le tableau noir du restaurant sur lequel il y a les menus écrits à la main, accompagnés d'illustrations. Il est à côté d'une pancarte « CHERCHE SERVEUSE ».

– Tiens, je suis sûre que tu dessinerais aussi bien ces petites citrouilles colorées et ces fèves de cacao.

– Ouais, peut-être, dis-je en haussant les épaules.

– C'est quelque chose que je ne saurai jamais faire. Moi, je ne fais que des dessins bâtons.

Jacob prend sa boisson. On dirait qu'il a commandé quelque chose avec du chocolat.

Elvie remarque que je le regarde et lève les yeux au ciel.

– Tu lui as parlé pendant vraiment longtemps... Dis-moi que tu n'as pas fait exprès de renverser ta boisson ?!

– Quoi ? Non !

Je suis Jacob des yeux tandis qu'il sort du café. Soudain il s'arrête, se retourne et me fait un signe de la main. Je fais de même en souriant béatement. Une femme d'allure sportive qui porte une tenue de yoga le suit. Je suis sûre que c'est sa mère. Elle a dû arriver plus tard, sinon je l'aurais déjà remarquée. Elle est vraiment belle et je sais maintenant de qui Jacob tient ses saisissants yeux bleus. Elle me fixe avec curiosité, comme si elle savait tout de la catastrophe. Mon visage est sûrement en train de tourner au rouge cramoisi.

– Ça va, me dit Elvie d'un air entendu. Moi aussi j'ai eu ton âge. Et il est mignon.

– Oui, il l'est vraiment, je soupire.

Elvie touille encore un peu son cappuccino.

– Donc, je voulais te parler d'un autre truc : c'est tout ce qui concerne l'amitié. La cinquième, c'est souvent un peu risqué. Il peut y avoir des drames, alors il faut respecter certaines règles.

– Je sais, je réponds. Nous on a un Code des Meilleures Amies à vie.

– Parfait, me dit Elvie. Par exemple, il ne faut pas en sa présence parler d'un truc cool auquel ta meilleure amie n'est pas invitée.

J'acquiesce. Une fois, une fille de mon cours de céramique m'avait invitée à une journée de ski dans le New Hampshire. Ce n'était même pas quelqu'un que je connaissais si bien que ça. Mais Jana avait été vraiment jalouse. Parfois, elle est du genre à défendre son territoire.

– Tu te souviens de la fois où Jana a arrêté de me parler parce que j'étais allée skier avec Baylor ? je lui dis.

– Exactement. Donc souviens-toi d'être une bonne copine. Et pas de ragots. Reste toujours du côté de tes amies si elles sont méprisées ou malmenées. Et ne prends jamais les petits copains de tes amies ni même ceux qu'elles ont en vue.

J'acquiesce en pensant que je ne ferais jamais une chose pareille. C'est juste un truc qui ne se fait pas – totalement en dehors du Code.

Je toussote :

– T'as déjà été amoureuse d'un garçon quand tu avais mon âge ?

– Oh oui. Bien sûr. Non pas qu'il se soit passé quelque chose. Mais oui. Il y a eu quelques garçons. Micah Hammond en quatrième. Toute la quatrième. Il lui arrivait de porter des chemises roses. Je trouvais ça teeeeeeellement cool. Il était assez courageux pour porter ce type de chemise et personne ne le charriait. Et il jouait du ukulélé et du violon.

– Et donc, qu'est-ce qu'il s'est passé ? je lui demande.

Elvie jette un œil à son téléphone, qui vient de signaler un sms.

– Oh zut. J'ai réunion d'étude en groupe à la maison dans un quart d'heure. On doit y aller.

– Étude en groupe ? Alors qu'on n'a même pas encore commencé les cours ?

– On avait des devoirs d'anglais à faire pendant les vacances pour le cours préparatoire à l'université. C'est comme ça que ça se passe dans les classes sérieuses.

Je ressens une pointe d'irritation : c'est pas comme si je n'avais jamais été dans une bonne classe.

– Et on va lire et corriger mutuellement nos devoirs, poursuit Elvie.

Elle regarde nos tasses vides :

– Ta boisson était bonne ?

– Oui, je réponds. Merci pour cette invitation et cette discussion.

Ma sœur se glisse à côté de moi et passe un bras sur mes épaules.

– Je suis désolée pour ce qu'il s'est passé tout à l'heure avec ton café. Mais ça s'est plutôt bien terminé, hein ? Les employés ont été gentils, ils ne m'ont pas fait payer le second café.

– Oui, je réponds. C'est le meilleur endroit ici.

Et c'est vrai. Parce que c'est ici que j'ai rencontré Jacob.

CHAPITRE 3

FAUT QUE ÇA SORTE

J'ai quelque chose à te raconter, je textote à Jana. Mes doigts volent sur le clavier du téléphone. J'ai tellement hâte de lui raconter tous les détails de l'incident Jacob-Chocolat-Vanillé !

Je suis assise sur le canapé du salon, j'attends sa réponse. C'est la fin de l'après-midi et les rayons du soleil frappent la baie vitrée pour venir illuminer la pièce. Jana est sans doute occupée à un million de trucs. Maman la surnomme « trop-occupée », ce qui est assez marrant parce que ce n'est pas comme si ma sœur et moi étions du genre pas-occupées.

Elvie fait du cross-country, joue de la contrebasse dans l'orchestre des jeunes et est bénévole dans un centre pour enfants. Quant à moi j'ai club de foot, cours de céramique, et cours de piano. Mais je ne suis pas certaine que toutes ces activités m'intéressent vraiment. J'ai l'impression que je n'ai pas encore trouvé le truc qui me plaît.

Ce qui est sûr, c'est que j'en ai assez d'attendre que Jana réponde à mon texto.

Je résiste à l'envie de secouer mon téléphone en me mordant les lèvres. Là ça fait deux minutes entières que j'attends.

Soudain mon téléphone bipe !

– Enfin ! je crie.

Seulement quand je regarde l'écran du téléphone, ce n'est pas un texto de Jana. C'est un texto de mon entraîneuse de foot qui rappelle à tout le monde quel sera notre nouvel emploi du temps. Je râle bruyamment.

– Chut, dit Elvie.

Elle est assise à la table de la cuisine à faire ses devoirs d'histoire américaine pour ses cours de prépa, même si l'école n'a pas encore commencé. Elle prend de l'avance dans ses lectures pour être super prête. Notre chien, Morty, est assis sous la table. C'est un labradoodle.

Quand est-ce que Jana va répondre ? C'est tellement frustrant.

Je me sens nerveuse. Comme si j'avais bu trois cafés frappés. Normalement, les trucs dingues ça n'arrive qu'aux autres. Mais là, aujourd'hui, c'est à moi que ça arrive. Ce qui est un peu bizarre.

Je suis le genre de personne à qui il n'arrive jamais rien. Moi j'écoute seulement ce qui arrive à mes amies et je les aide à surmonter leurs problèmes, surtout Jana avec ses innombrables histoires. Mais maintenant qu'il s'est passé un truc, j'ai vraiment vraiment besoin de lui en parler ! Je n'ai pas envie d'attendre qu'on soit à l'école pour lui raconter tous les détails.

Mes doigts balaient le téléphone, et une partie de moi envisage d'envoyer un texto à nos autres meilleures amies, Torielle Jones et Katie Wakowski. À nous quatre, on forme une super bande de copines. Torielle est une incroyable chanteuse – elle écrit même ses chansons – et elle est fan de cinéma. Katie est une organisatrice hors pair. L'année dernière elle était déléguée de classe. Et c'est aussi une ballerine talentueuse. Tout comme Jana et moi, Torielle et Katie sont très proches l'une de l'autre. Parfois je n'arrive pas à croire que je fais partie de cette bande de quatre. Elles sont toutes formidables. Mais je n'envoie pas de textos ni à Katie ni à Torielle. Depuis la sixième, Jana est ma vraie meilleure amie. Si je racontais mon histoire de tout à l'heure d'abord à Torielle et Katie, Jana me tuerait – elle se sentirait trahie. Je ne peux pas faire ça. Jana veille toujours à m'inclure dans toutes nos activités. Elle ne raconterait jamais rien à Torielle ou Katie sans que je sois là.

– J'ai besoin d'aide pour ranger les courses, annonce maman alors qu'elle met des conserves dans le placard. Il y a encore des sacs dans la voiture.

Je ne l'avais même pas entendue rentrer. Morty si, bien sûr. Il se plante au milieu de la cuisine, en remuant la queue. Je décide de laisser Elvie aider pour une fois, et ne réponds pas. Maman n'est pas loin dans la cuisine, et elle porte son T-shirt de Dartmouth. C'est là qu'Elvie est allée en camp d'été pour enfants super-intelligents. Maman met ce T-shirt presque à chaque fois qu'elle sort, juste au cas où on ne saurait pas déjà qu'Elvie a suivi leurs cours pour personnes douées.

– Coucou vous deux ! S'il vous plaît, maintenant venez m'aider, nous presse maman tout en regardant les sacs de courses qui s'accumulent sur tous les meubles.

Dingue, ça a été rapide ! Sérieusement, je ne l'ai même pas vue faire les aller-retours entre la voiture et la cuisine. Est-ce que je perds la tête ?

– Une seconde, je lui dis.

La lumière du soleil emplit la pièce d'un parfait jaune d'or tirant sur le miel. C'est exactement la couleur du chocolat vanillé frappé. Même si c'est un peu stupide, j'ai un peu l'impression que Jacob m'envoie un message frappé.

– Il faut absolument que je lise ça, insiste Elvie en bougeant à peine.

– Maddie, j'ai besoin d'aide, maintenant, dit maman d'un ton sec.

– Mais pourquoi c'est toujours moi qui dois le faire ? Elvie s'en sort à tous les coups, elle.

Maman claque une boîte de muesli sur un meuble.

– Maddie ! Range ton téléphone et viens m'aider !

J'attrape aussitôt deux gros sacs et commence à ranger.

Le jour de la rentrée, mardi prochain, me semble être dans tellement longtemps. J'ai hâte !

CHAPITRE 4

LE BARRAGE

La mère de Jana gare son monospace marron le long du trottoir, en face de la maison. C'est la rentrée. Je sors précipitamment sur le porche et puis je me force à ralentir. Une élève de cinquième, ça ne se presse pas, seuls les sixièmes trop impatients se pressent.

C'est officiellement la fin de l'été, même si on ne le dirait pas. Le ciel est bleu, le soleil lumineux. Des gouttes de rosée perlent sur le lierre qui grimpe tout le long du chemin. Les portes du monospace s'ouvrent automatiquement dans un vrombissement, et Jana, Torielle, et Katie me font signe depuis les sièges arrière. On porte toutes le même genre de jeans mais avec des hauts différents, parce qu'on ne veut pas être trop semblables. Mais ça me fait plaisir que les gens voient qu'on est de la même bande. Quand j'ai commencé à manger à la cantine avec elles l'année dernière, je me demandais toujours si je n'allais pas être exclue du groupe. C'est stupide, je sais, mais elles ont toutes tellement confiance en elles, elles sont drôles et sûres d'elles-mêmes.

Maman se précipite sur le trottoir et me fait des signes avec enthousiasme comme si j'allais partir pour un mois. Elle crie :

– Bonne rentrée tout le monde !

Papa est déjà au travail. Il est avocat et part tôt pour éviter les bouchons.

– Bonjour Maddie, me dit Mme Patel tout en faisant un petit signe à ma mère.

Je dis bonjour à la mère de Jana. Elle porte une chemise et une jupe impeccables qui sortent du pressing.

J'embrasse mes amies.

– Alors les filles, maintenant vous rentrez vraiment en cinquième, nous dit Mme Patel en manœuvrant adroitement pour s'éloigner du trottoir. Et dire que j'ai l'impression qu'hier encore vous étiez à l'école primaire, à partir en classe verte dans le Berkshire.

– Ou en sixième à se perdre dans le collège, répond Torielle en secouant la tête.

Les perles de ses tresses africaines s'entrechoquent.

– Pas moi, se moque Jana en tirant la langue, je savais exactement où aller.

– C'est parce que tu marchais avec Katie la carte humaine, je réponds.

Katie hausse les épaules.

– Ce n'est pas parce que j'avais regardé le plan de l'école que je suis une carte.

– Si, bien sûr ! on lui répond en chœur.

– Encore heureux que je sois là pour m'en charger !

Dans le rétroviseur, je peux voir Mme Patel me faire un signe de tête. Elle est belle, aussi belle que Jana sauf que ses cheveux sont d'un noir soyeux et coupés au carré.

– Tu es jolie Maddie, me dit-elle.

– Merci.

J'ai l'impression d'être particulièrement étincelante aujourd'hui mais je ne le dis pas.

– Hey Maddie, ajoute Katie, j'adore ton haut.

Je souris parce qu'il est violet – la couleur préférée de Katie.

– Ça ne m'étonne pas, c'est Torielle qui l'a choisi.

Hier, j'ai pris des photos de trois tenues possibles pour la rentrée et je les ai envoyées à Torielle pour qu'elle vote, vu qu'elle a un style incroyable. Je leur montre le tissu fleuri autour du col de mon T-shirt.

– J'aime bien ton jean, Katie, je lui dis avec un clin d'œil.

Puis je regarde Jana et Torielle, et j'ajoute :

– Et les vôtres aussi.

Mes amies sourient parce qu'on a évidemment les mêmes jeans, avec des strass en forme de papillon sur les poches arrière.

Jana se renfonce dans son siège et on se tope la main :

– Qui se ressemble, s'assemble ! on lance en même temps.

– Allez, dit Jana de sa voix de capitaine d'équipe. On fait une photo !

On rapproche nos têtes, on tire nos langues et on fait des signes de la victoire. Je sens que notre amitié se fixe dans cette photo, qui pourra rejoindre l'étagère au-dessus de mon lit à côté de mes trophées de foot. Ça fait du bien de faire partie de ce groupe. En primaire, j'étais du genre à n'avoir qu'une seule meilleure amie. Et puis cette meilleure amie, Lisa, a déménagé en Virginie après le CM1. Disons que mon CM2 était une année assez solitaire.

Mais la cinquième sera tout sauf solitaire !

Katie et Jana se mettent toutes deux à rire en regardant une vidéo sur leur téléphone. Je me penche pour voir ce dont il s'agit.

– C'est quoi ? je demande.

– C'est vraiment hyper drôle, me dit Jana, je vais te l'envoyer.

– Les filles, rangez vos téléphones, nous dit Mme Patel.

Avec un regard autoritaire dans le rétroviseur, elle nous rappelle sa règle de pas-de-téléphone-dans-la-voiture : elle veut qu'il y ait de vraies conversations. Jana range son téléphone dans son sac à dos, et me regarde en levant les yeux au ciel.

Katie, Torielle et moi rangeons nos téléphones dans nos poches. Mme Patel est stricte. À l'école non plus on ne peut pas sortir son téléphone. Sauf pendant la pause déjeuner.

– Maddie, je t'enverrai la vidéo plus tard, me promet Jana.

– Hmm d'accord. J'ai hâte d'être à la pause déjeuner ! dis-je plus bas.

– Tu veux nous dire quelque chose Maddie, dit Jana d'un air entendu. Tu as un sourire très mystérieux.

– Oui, en fait...

J'hésite à leur parler maintenant de Jacob.

– Dis-nous, me presse Torielle.

Katie se rapproche vivement :

– Oui !

– Plus tard, je chuchote en montrant Mme Patel d'un signe de tête.

– Il s'est passé quelque chose de grave ? demande Mme Patel.

– Non rien de grave.

C'est l'opposé de grave.

Les yeux de Jana s'écarquillent...

– Tu...

– Chut... plus tard, je lui dis.

Mme Patel passe à une chaîne d'infos et Jana hausse les épaules en mode « pourquoi pas maintenant ? » vu qu'on écoute les infos. Mais je fais non de la tête. Il n'est pas question que je raconte mon coup de cœur en face de la mère de Jana, elle pourrait le répéter à mes parents. Et puis si ça se trouve, Mme Patel connaît les parents de Jacob. Elle est administratrice à l'hôpital local et connaît tout le monde.

On passe devant le centre commercial. Un bus plein de filles que Katie connaît de son cours de danse nous font signe. Mais on répond sans enthousiasme. Ça c'est parce que la fille à l'avant c'est Fiona Callum. Avant, c'était la meilleure amie de Jana et elle venait manger avec nous à la cantine, jusqu'à ce qu'elle trahisse Jana. Maintenant on a du mal à la supporter. Après ce qu'elle a fait…

Encore quelques virages et on sera à l'école, et là, on pourra parler.

– Les filles, mauvaise nouvelle, dit Mme Patel. Il y a des travaux plus haut sur la rue de l'Église.

– Vous pourriez faire demi-tour. Je connais une autre route, lance Katie, la carte humaine.

– Je ne peux pas faire demi-tour, dit Mme Patel, c'est une route à une voie.

– Est-ce qu'on va être en retard ? demande Torielle, connue pour détenir le record parfait d'assiduité scolaire.

– Je pense qu'on va y arriver mais sur le fil.

Mme Patel fait des signes de tête exaspérés. Vraiment ? Aujourd'hui ? Ils doivent commencer ces travaux le jour de la rentrée ?

Enfin, après être restés arrêtés pendant ce qui nous a semblé une éternité, on dépasse la file de circulation à une voie tandis que Mme Patel poursuit son monologue sur le manque de bon sens de la ville. Un groupe de garçons à vélo dépasse notre monospace, malheureusement aucun d'entre eux n'est Jacob. Enfin on arrive dans la zone limitée à trente kilomètres/heure près de l'école.

– Bonne nouvelle les filles, nous dit Mme Patel. On va y être juste à l'heure !

L'école apparaît au bout de l'allée. Un panneau, fait de lettres amovibles, nous accueille d'un : « Bienvenue ! Bonne rentrée ! » Une file de voitures attend pour tourner dans l'allée circulaire tandis que d'autres se garent à quelques rues de là. On s'arrête près de l'allée circulaire.

–L'école semble plus petite que l'année dernière, vous ne trouvez pas ? je lance. Comme si elle avait rétréci avec la chaleur de l'été.

– On dirait les mots d'une artiste, répond Katie d'une voix moqueuse.

– Je trouve que Maddie a raison, dit Jana, l'école a vraiment l'air minus.

Et j'ai l'impression qu'elle prend ma défense. Instantanément, je l'aime encore plus.

– Je pense que c'est parce qu'on est un peu plus âgées et plus mûres, dit Torielle de sa voix faussement sophistiquée.

On descend sur le trottoir tandis que Mme Patel nous souhaite une bonne rentrée. Des groupes de sixièmes et de CM2 s'entassent en face de l'école, riant et discutant entre eux. Certains élèves comparent les emplois du temps qu'on a reçus la semaine dernière par courrier. On peut repérer les sixièmes à leur air un peu perdu ou bien parce qu'ils parlent avec leurs parents. Il y a une table où s'inscrire pour rejoindre l'association de parents d'élèves et ils donnent des donuts à ceux qui s'inscrivent. L'air est sucré et poudreux, et soudain, j'ai faim – je n'ai presque pas mangé au petit déjeuner. Je suis toujours nerveuse les jours de rentrée. À peu près la même sensation que celle que je ressens dans les aéroports quand je suis sur le point de partir quelque part. Mal à l'aise, mais un malaise agréable.

Il y a beaucoup d'embrassades entre filles, que les garçons observent en se donnant des coups de coude. D'autres garçons jouent à dribbler avec des petites balles en tissu, d'autres encore sont adossés au mur et regardent leurs téléphones.

Dès que Mme Patel s'éloigne, Jana me tapote l'épaule :

– Alors Maddie, dis-nous ce qu'il s'est passé.

– Oui, dit Katie.

Nous avançons vers l'aire des tables de pique-nique couverte. C'est surtout des groupes de cinquièmes qui s'y retrouvent.

– Qu'est-ce qu'il y a ? demande Torielle.

Je pense à Jacob et je sens mon sourire s'agrandir et manger tout mon visage et je dis...

– Bon...

Et là, la cloche sonne.

– Tu nous diras plus tard, lance Torielle, je n'ai pas envie d'être en retard.

On se dit au revoir et on prend différents couloirs car, malheureusement, on a toutes des profs principaux différents.

Puis, du coin de l'œil, je vois Jacob qui marche dans une autre direction. Ses cheveux tombent parfaitement sur son front. Il pivote et me fait un petit signe avant de tourner dans un couloir.

Je soupire profondément alors que je passe devant le tableau qui indique l'emplacement des différentes associations de l'école. Oui, il se pourrait bien que je soupire pendant toutes mes heures avec mon prof principal jusqu'à l'heure du déjeuner.

CHAPITRE 5

JUMELLES

–C'est dommage que tu aies dû rester chez toi pendant le dernier week-end des vacances, dit Jana en sortant d'une cabine.

On est dans les toilettes avec Katie, on s'apprête à aller à la cantine.

– Ce n'était pas si terrible, j'admets, en me lavant les mains.

Dans une minute ou deux je vais raconter à mes amies pourquoi. En un seul mot : Jacob.

– Le chalet c'était sympa, dit Jana, mais même la nature ça peut parfois devenir ennuyeux.

– Mon week-end, c'était le contraire d'ennuyeux.

Et là, à cet instant, je me sens aussi légère et mousseuse que de la crème fouettée, comme si le monde était aussi doux qu'une gorgée de café frappé chocolat vanillé. Rien que d'avoir vu Jacob, pendant une microseconde avant le début des cours, me fait encore vibrer tout entière.

Les chaussures de Katie claquent sur le carrelage. Elle se tient à côté de moi devant le miroir.

– Mes cheveux c'est n'importe quoi aujourd'hui, se plaint-elle.

En fait, ses cheveux sont exactement comme d'habitude. Ils lui arrivent aux épaules, sont blonds, raides. J'adorerais avoir ses cheveux ! Les miens bouclent dans toutes les directions. Je vérifie ma tête dans le miroir. Des yeux noisette en amande. Quelques taches de rousseur et des cheveux noirs. La famille de ma mère est cubaine et mes taches de rousseur me viennent des deux côtés, de ma mère et de mon père. Ma taille, je la tiens de mon père. Je suis grande pour une fille de cinquième, même si maman jure que tout le monde va bientôt me rattraper.

Jana, Katie et moi sortons dans le couloir. Je les prends par les épaules, c'est un truc que ferait habituellement Jana. Mais là je me sens pleine d'énergie. C'est le moment parfait pour un roulement de tambour. J'ouvre ma bouche et m'apprête à dire : « Devinez quoi ? »

Mais juste à ce moment-là, Jana crie en se retournant :

– Bon, j'ai des infos. Grosses infos.

– Quoi ? demande Katie.

Torielle arrive jusqu'à nous :

– T'as intérêt à tout nous dire, dit-elle en souriant.

Je remarque qu'aujourd'hui ses bagues sont bleu piscine. Je n'avais pas remarqué ça en voiture. Torielle peut tout transformer en truc cool.

– On attend, dit Torielle.

– OK, s'écrie Jana. En maths, j'ai Mme Keener. Elle est teeeeeellllement sévère !

– Ça c'est de l'info ? dit Torielle en secouant la tête. Tout le monde sait ça. Mais c'est vraiment une très bonne prof. Et elle prépare bien aux cours d'algèbre de l'année prochaine.

Torielle sait de quoi elle parle : elle a sauté une classe en maths.

– L'info ce n'est pas la prof, raconte Jana alors qu'on passe les portes battantes de la cantine, c'est *qui* assiste aux cours de la prof.

Alors elle prend une pause théâtrale, baisse la voix et annonce :

– Mon nouveau coup de cœur.

On s'arrête devant l'entrée de la cantine parce qu'il y a un groupe de primaires devant nous.

– Vraiment ? je demande avec impatience.

Je n'arrive pas à croire que Jana et moi ayons un coup de cœur en même temps. Katie rit :

– Ouais Jana, c'est enfin le moment pour toi d'avoir un nouveau garçon en tête. Ça fait déjà deux semaines que tu nous parlais sans arrêt d'Alfred, le joueur de basket.

– Arnie, corrige Jana en poussant les portes battantes.

On la suit à l'intérieur.

– Donc c'est qui ? je demande.

On erre dans la cantine, à la recherche d'une table libre. On aime bien les tables rondes parce qu'elles sont plus petites et qu'on n'y est pas dérangées par des voisins ennuyeux ou qui ne sont pas les bienvenus.

– OK, dit Jana. Regardez là-bas.

Elle nous indique l'endroit où on peut acheter de la nourriture du type bananes ou yaourts.

– Vous voyez le garçon qui vient juste de s'asseoir ? dit Jana.

– Heu, il y a genre à peu près une centaine de garçons qui viennent de s'asseoir, dit Torielle.

– Mais pas dans cette direction, dit Jana. Oh prenons cette table, dépêchez-vous !

– Décris-le, je lui demande en m'asseyant à côté d'elle.

Torielle s'assoit de l'autre côté, et Katie à côté de Torielle. Je mets mon sac déjeuner sur la table et sors mon thermos de soupe. Et j'ajoute :

– Avec plus de détails !

Je dévisse le couvercle et respire la vapeur de ma soupe de poulet. Ça sent délicieusement bon. Maman l'a faite pour marquer le coup le jour de la rentrée.

– On veut en savoir plus ! dis-je en prenant une cuillerée de soupe.

– C'est celui qui est incroyablement mignon, s'extasie Jana en sortant son sandwich de son sac déjeuner. Il a de magnifiques yeux bleus et des cheveux bouclés auburn.

Je me retourne, passe la pièce au scanner à la recherche de quelqu'un qui pourrait correspondre à cette description.

– Il s'appelle Jacob, elle ajoute. Et il est nouveau.

Je cligne des yeux et je sens que ma tête tourne, mais pas dans le bon sens. Plutôt dans le sens je-vais-m'évanouir. Je lâche ma cuillère dans un grand bruit sur la table mais personne ne le remarque. Elles sont toutes trop occupées à regarder le garçon extrêmement mignon. Un garçon extrêmement mignon et qui me dit vraiment quelque chose.

– Regardez! crie Jana de la même façon qu'elle encouragerait notre équipe de football. C'est celui avec une chemise bleue!

Elle dit peut-être autre chose mais je n'entends pas.

Ce n'est pas juste n'importe quel Jacob.

C'est *mon* Jacob.

– Il est mignon, non? demande Jana.

– Ouais, si on veut, je grince.

Si elle aime Jacob, sûr qu'il l'aimera en retour. Ça se passe toujours comme ça avec les garçons. Elle est tellement marrante et sportive et sociable. Et elle sait bien flirter. Elle est au centre du monde – et honnêtement, nous, les autres, on tourne autour d'elle. Lui aussi probablement tournera autour d'elle.

– Si on veut ? dit Torielle en passant sa main devant mon visage. Tu es aveuglée par des lumières fluorescentes ou quoi ?

– Il est aussi très gentil, s'extasie Jana. Et marrant.

Ouais, ça je le sais. Je cligne des yeux, fixant le bar à tacos, et notamment le bac à laitues coupées en lamelles. Parce que je ne peux pas regarder Jacob maintenant que c'est *le* Jacob de Jana.

C'est tellement injuste.

Quelques filles passent devant notre table en criant, leur plateau repas chargé de parts de pizzas. L'odeur du fromage me donne envie de vomir. Jana parle encore et encore de Jacob comme si elle était devenue une experte en Jacobologie. Comme si elle avait une thèse sur tout ce qui concerne Jacob.

– Et il est gardien de but dans une équipe platine qui voyage beaucoup, les Rattlers, elle dit.

Ça je ne le savais pas. Comment ça se fait qu'elle en sait déjà plus que moi ? Je repousse mon thermos de soupe. À ce stade, il n'y a pas moyen que je la mange.

– C'est l'homme parfait s'il est bon au foot, dit Katie avec enthousiasme.

Dans notre équipe de foot, je suis défenseuse, mais j'ai un niveau assez moyen. Jana, elle, c'est le milieu de terrain vedette. Elle marque, elle défend. Elle fait tout. Moi, je chauffe surtout le banc. Et je suis très douée pour ça.

– Je sais, dit Jana d'une voix plus forte que le brouhaha de la cantine. Il est grand. Je suis petite. On a tous les deux un prénom qui commence par un J. Et le foot en commun – je pourrais m'entraîner au tir avec lui. C'est teeellement parfait.

Torielle met son bras sur les épaules de Jana :

– D'accord, les filles, ça veut dire que selon le Code des Meilleures Amies à vie, Jacob est désormais officiellement zone interdite.

Katie tape Jana sur l'épaule :

– Heureusement, Jacob est un troll, donc on te le laisse... ha ha.

– Selon le Code des Meilleures Amies à vie, poursuit Jana, je vous remercie de me laisser avoir mon troll pour moi toute seule.

Je voudrais que le sol de la cantine s'ouvre sous mes pieds et m'engloutisse. Emmenez-moi dans un monde où Jana ne connaîtrait pas Jacob. Un monde où ils ne seraient pas parfaits l'un pour l'autre.

Un monde où Jana serait allergique au foot et aux yeux bleus éclatants.

Un monde où les milieux de terrain ne pourraient pas s'entraîner au tir avec les gardiens de but.

Malade. Je vais être malade.

Jana claque des doigts devant mes yeux. Je ne cligne même pas. Je ne suis même pas sûre que je respire. En revanche je suis sûre que je suis plus blanche que le fromage blanc qu'on trouve au bar à salades.

– Coucou Maddie, y'a quelqu'un ? me dit maintenant Torielle en claquant à son tour ses doigts devant mon visage.

– Heu, oui. Je pensais juste… aux devoirs que j'ai déjà à faire.

– Vraiment ? dit Jana en riant. Depuis quand tu penses aux devoirs ?

C'est vrai. Je ne suis pas vraiment comme Elvie. Même mes amies pensent plus à l'école que moi.

Katie se penche vers moi :

– Maddie, tu avais aussi quelque chose à nous raconter. Tu te souviens ?

Je me raidis. Est-ce que je peux leur dire ?

– Tu as promis, dit Torielle, s'essuyant les mains sur sa serviette.

Mes lèvres sont sèches. J'ai la gorge aussi serrée que si j'avais avalé ma prune de midi tout rond.

Quand Jana aime un garçon, il l'aime toujours en retour. Mon coup de cœur, maintenant, c'est peine perdue. Et totalement contraire au Code des Meilleures Amies à vie. Mais peut-être que je pourrais dire à Jana que je l'ai vu en premier.

– Bon, il y a autre chose, je dis. C'est à propos de Jacob.

Mais à ce moment-là, à une table pas loin de la nôtre, je vois Fiona Callum. Avec ses cheveux blond platine, son long visage et ses lunettes ovales. Elle s'assoit avec ses amies, qui visiblement se fichent d'être en compagnie de quelqu'un qui ne sait pas garder un secret. Quelqu'un qui parle trop.

Fiona-la-Traîtresse. C'est comme ça qu'on l'appelle.

L'année dernière, elle a dit à tout le monde que Jana mentait sur sa taille de soutien-gorge et les rembourrait. C'est tellement méchant.

Et une semaine plus tard, Jana s'était coupée en se rasant les dessous de bras et ça l'avait vraiment embarrassée. Alors elle avait mis un pansement et dit qu'elle s'était coupée en faisant de l'escalade en famille. Mais Fiona a posté une photo de Jana se rasant les aisselles et écrit la vraie raison pour laquelle Jana s'était mis un pansement. Là encore, c'est tellement méchant.

Par loyauté, aucune de nous ne parle à Fiona.

Je ne peux pas devenir comme cette fille. Je ne peux pas devenir une traîtresse, une ex-meilleure amie.

Une boule grossit dans ma gorge. Si je ne dis rien du tout sur Jacob, j'évite cette possibilité. Je sais ce qu'il se passe quand on s'oppose à Jana. Comme Fiona, je serai totalement écartée de la bande.

Quoi qu'il en soit, il n'est pas question que je fasse du mal à Jana. C'est vraiment ma *meilleure* amie. Franchement, elle ferait tout pour moi. Elle ne me laisse jamais de côté, et elle monte toujours au créneau pour moi. Quand j'ai mes sept petites minutes de jeu sur le terrain de foot, c'est même elle qui m'encourage le plus fort.

Et puis, c'est Jana. Elle va se lasser de son coup de cœur. Elle se lasse toujours. Comme dit Katie, donnez-lui une semaine.

– Quoi Jacob ? demande Jana en fronçant les sourcils.

– C'est juste... que... avec ses cheveux bouclés, sa grande taille et ses yeux brillants, j'aimerais bien faire un dessin de lui pour toi, je dis d'une voix que j'espère enthousiaste.

– Super, répond Jana.

– Oui, super, je dis, ravalant la boule que j'ai au fond de la gorge.

CHAPITRE 6

RESTER CALME

Je me sens encore mal à l'aise après le repas, quand je me rends avec Jana au cours d'histoire-géo. C'est un des cours qu'on a ensemble. Dans la classe, des affiches d'histoire, des frises temporelles, des banderoles sont collées partout sur les murs. Elles disent des trucs du genre :

DÉBATEZ : CHAQUE HISTOIRE A DEUX
POINTS DE VUE.
RESTEZ CALME ET POURSUIVEZ LE DÉBAT.

L'HISTOIRE-GÉO C'EST ROCK !

CHANGEZ LE MONDE. APPRENEZ L'HISTOIRE.

– Je n'arrive pas à croire que Mme Yoon ait autant d'affiches, je glisse à Jana une fois qu'on est dans la salle.

– Vraiment, on dirait un musée, acquiesce-t-elle.

Certains élèves sont restés debout à discuter tandis que d'autres s'assoient à leur bureau. Mme Yoon est grande et a de longs cheveux noirs avec une mèche rose.

– Salut Jana, lance Fiona de l'autre côté de la classe.

– Salut Fiona, répond Jana d'une voix neutre.

Elle lui fait signe, mais dans un souffle, elle me dit d'une voix irritée :

– Super. *Elle* est aussi dans notre classe.

Fiona porte un jean et un sweat à capuche, même s'il ne fait pas froid. Elle s'habille de manière sportive et décontractée, comme s'habillait Jana avant d'être un peu plus à la mode grâce aux bons conseils de Torielle.

Fiona sourit à Jana comme si elles étaient de la même famille et ne s'étaient pas vues depuis une éternité. Comment est-ce qu'elle peut avoir été aussi dure envers Jana et, l'année d'après, se permettre de lui dire bonjour comme si rien ne s'était passé ? En fait, je suis gênée pour Fiona. Elle fait tellement d'efforts. Comment est-ce qu'elle peut croire qu'un jour Jana lui pardonnera ? J'ai entendu Torielle et Katie en parler : quand Jana est ton amie, elle donnerait son dernier dollar pour t'aider, mais si on la contrarie, alors là... !

Deux garçons entrent dans la classe et les yeux de Jana s'agrandissent. L'un d'eux s'appelle Landon Linklater, l'autre c'est Jacob. Jacob nous fait signe et s'assoit à côté de Landon au bout de la rangée. Je sens mon visage rougir.

Jana dit à voix basse :

– Jacob est un vrai mur quand il est gardien. L'année dernière, en un match, il a sauvé trente-trois buts.

– Oh, je réponds, tu sais déjà tant de choses sur lui !

Je sens que je laisse passer une pointe d'irritation. Même s'il est officiellement son coup de cœur, je l'ai rencontré en premier.

– J'ai surtout beaucoup entendu parler de lui, répond Jana.

– Vraiment ? Par qui ? je demande.

– Fiona.

– Est-ce qu'elle l'aime aussi ?

– Euh non... c'est sa cousine, répond Jana en secouant la tête.

– Ah ouais. Je pense qu'on me l'avait dit, dis-je alors qu'on ne m'a rien dit du tout.

– Je suis Mme Yoon, annonce notre prof en terminant d'écrire au tableau. On va commencer dans quelques minutes.

Mme Yoon a l'air super jeune, elle vient sûrement d'obtenir son diplôme. Elle porte un jean et un très joli pull rouge tricoté en torsades. Ses cheveux brillent à la lumière, on dirait un mannequin dans une publicité pour shampoing.

Beaucoup d'élèves sont déjà assis et quelques retardataires entrent avec leurs sacs à dos. Quelque chose sent le chocolat mais je ne saurais pas dire d'où ça vient. La classe se remplit, et j'ai une crampe d'estomac qui s'installe. Jacob est si proche.

Du coin de l'œil, de manière que ça ne se voie pas trop, je le regarde. Il ouvre son classeur. Et c'est là que je comprends qu'il faut que j'arrête de l'apprécier. Au moins pour le moment. Jusqu'à ce que Jana arrête de l'apprécier.

Mme Yoon parcourt la classe et fait un signe de tête quand la sonnerie retentit.

– On va pouvoir commencer. Je suis enchantée de démarrer cette année avec vous.

Elle fait descendre un écran sur le tableau, attrape une télécommande et dit :

– Quelqu'un peut-il éteindre les lumières ?

– Moi ! crie Bryce Pisani de l'autre côté de la classe.

Il saute quasiment par-dessus une table pour aller éteindre.

Mme Yoon clique sur une photo de Romains en toge et armure :

– Combien d'entre vous pensent que l'histoire est une matière ennuyeuse ?

Quelques élèves lèvent la main.

– Ne soyez pas timides, poursuit-elle, vous avez le droit de le penser.

Davantage lèvent la main. Puis elle explique que non seulement on va étudier le passé mais qu'on va aussi en débattre, et qu'on va étudier des sources primaires et secondaires.

– Ce n'est pas grave si vous ne comprenez pas encore ce que je dis, vous comprendrez bientôt. Vous aurez du travail personnel à fournir, mais cette année vous apprendrez surtout en montant des projets, explique-t-elle. Ce qui signifie que la plupart du temps vous travaillerez en groupes. Vous aurez des débats sur différents sujets, de toutes sortes, allant de « pourquoi la chute de Rome » à « efficacité du Code justinien ».

– Qu'est-ce que c'est que ça ? demande une fille au fond de la classe.

– Vous le découvrirez dans pas longtemps, répond Mme Yoon en projetant l'image d'une statue. Ça c'est Jules César, le chef de la Rome antique. Dans cette classe, vous n'allez pas seulement lire des ouvrages sur lui. Plus tard, au cours de ce semestre, vous *serez* Jules César.

– C'est un cours de théâtre ou bien un cours d'histoire ? dis-je en murmurant et en secouant la tête.

Jana hausse les épaules mais je vois bien qu'elle pense que c'est chouette. Jana n'a pas une once de timidité.

Mme Yoon projette la photo d'un élève portant une toge et une couronne de lauriers. Tout le monde rit.

– Ne riez pas, car vous allez, vous aussi, lui ressembler, dit-elle. Enfin, seulement si vous prenez Jules César comme personnage de référence de l'histoire romaine. Vous devrez en choisir un parmi de nombreux autres.

Elle clique pour faire apparaître une autre diapo et tout ce que cette image montre c'est : « Débattre, c'est sympa ! »

Quelques personnes baissent la tête, incrédules, dont moi.

– Vous avez le droit d'être méfiants, déclare Mme Yoon. La plupart d'entre vous n'ont pas encore essayé. La première chose que nous allons apprendre c'est : comment débattre. Et pour ce faire, je vais vous attribuer des groupes de débats.

Ma main se lève et Mme Yoon me fait signe de poser ma question.

– Toute les personnes du groupe devront débattre ou bien est-ce que certains pourront juste faire la partie recherche ?

– Tout le monde doit débattre, dit-elle en passant la classe au scanner. Absolument tout le monde. Pas d'exception.

Je retiens un grognement et Jana me renvoie un sourire compatissant. Mais je sais que ça ne la tracasse pas, elle. C'est bien pour ça que c'est elle la capitaine de notre équipe de foot. Moi, je rentre le cou dans les épaules rien qu'à l'idée de devoir parler devant tout le monde.

– Vous allez apprendre les techniques de base d'un débat, dit encore Mme Yoon, telles que la présentation de votre argument principal et comment créer une réfutation. Et lors du débat à proprement parler, vous n'aurez pas le droit d'apprendre par cœur un discours ni de lire des arguments déjà rédigés – vous pourrez juste jeter un coup d'œil à vos notes.

On ne pourra rien lire ? Je commence à ne pas me sentir très bien. Si je dois parler devant tout le monde sans avoir écrit au préalable ce qu'il faut dire, il n'y a pas moyen de que j'aie de bonnes notes à ce cours.

Mais Mme Yoon a l'air super enthousiaste. Elle parle d'une voix passionnée de la manière d'utiliser dans le débat tout ce qu'on a appris.

– Il s'agira surtout de travailler en équipe, de faire des recherches et de s'amuser ! Et au fait, j'ai dit qu'il faudra s'amuser : lors de nos jours « spécial débat », on apportera des petites choses à manger, comme du popcorn ou des biscuits. Ce sera une fête !

Un groupe de filles applaudit. Vraiment ? Elles pensent vraiment que ça sera amusant ?

– Dans cette classe, nous avons même certains membres du club Débat du collège, comme Fiona Callum – à son nom, Fiona donne un petit coup de poing en l'air en signe d'approbation – et Keisha Tinsley – qui elle fait un petit signe de la main. J'espère que vous aimerez tous tellement débattre que vous rejoindrez bientôt vous aussi le club, dit Mme Yoon.

Peu probable. Probable comme *jamais* ! C'est la dernière chose que je me verrais faire.

Mme Yoon met sa main sur son front comme si elle était un matelot scrutant l'horizon :

– Peut-être que quelques-uns de nos débatteurs, ceux d'entre vous qui ont participé aux débats d'équipe du club, pourraient se lever et en dire un peu plus sur leur expérience.

La première personne à se lever, c'est Fiona. Sur son sweat à capuche il y a une photo de clarinette. Juste en dessous est écrit « Je Joue Bien » – ce qui me semble tellement prétentieux !

– Même si vous pensez que vous ne pouvez pas débattre, vous pouvez, dit Fiona avec l'air de quelqu'un qui sait tout sur tout. Vous devrez sans doute fournir du travail pour y arriver mais débattre peut permettre d'acquérir des super-pouvoirs.

Elle sourit de toutes ses dents ce qui fait qu'on peut voir ses bagues.

Puis Mme Yoon appelle Jacob et mon cœur fait un soubresaut même si ma tête me dit d'être indifférente.

Il arrive du fond de la classe. C'est fou mais je peux sentir sa proximité, même si je ne tourne pas la tête pour le regarder quand il passe à côté de moi. Il commence à parler, en écartant ses magnifiques cheveux de ses yeux.

Jana le fixe droit dans les yeux.

J'essaie d'être plus subtile et jette des coups d'œil. Jacob a les mains dans les poches et monte sur la pointe des pieds :

– Je m'appelle Jacob. Je suis nouveau. Mais je connais déjà pas mal de gens ici. Et au cas où vous ne le sauriez pas, Fiona est ma cousine, on a le débat dans nos gènes.

Il la regarde et sourit, elle lui répond d'un pouce levé.

– Dans mon ancienne école, je débattais, poursuit-il. C'était sympa. On a le droit de taper sur la table et de faire des trucs marrants de ce genre.

La manière dont Jacob décrit la chose fait plus envie que celle de Fiona. Peut-être parce qu'il donne plus l'impression qu'il s'agit d'une blague. Fiona n'est pas spécialement connue pour son sens de l'humour.

Jana lève ses sourcils et, sa main cachant sa bouche, me chuchote :

– Il est aussi très intelligent.

J'ai le ventre qui se retourne.

Puis une autre fille, Risa Cappeto, lève la main et va se placer en face de la classe. Elle a des cheveux courts et noirs et des lunettes violettes très marrantes.

– L'année dernière, j'avais peur de débattre et de parler en public. Je pensais que je n'étais sans doute pas assez douée. Mais je suis assez douée. Maintenant je veux devenir avocate. Donc si l'un de vous a peur, c'est normal.

Ensuite, Mme Yoon dit que la première chose que nous ferons c'est de former des équipes de quatre divisées en groupes partenaires. Chaque groupe partenaire devra travailler ensemble sur des recherches qui prépareront le premier débat. Elle explique qu'il sera très important pour chacun de nous de participer de manière coopérative. Pour que nous prenions l'habitude de débattre, elle nous donnera, pour notre première session, des sujets d'actualité à discuter. Mais plus tard, nous devrons débattre de faits historiques comme la chute de Rome.

Je jette un coup d'œil à Jana, qui me regarde en retour et me dit dans sa barbe :

– J'espère qu'on pourra être ensemble.

– Moi aussi, je réponds en croisant les doigts.

– Ou sinon que je pourrai être avec Jacob, me dit-elle avec un clin d'œil en me donnant un coup de coude, et d'un signe de menton elle indique le fond de la classe où Jacob est installé.

Comme si elle avait lu dans nos pensées, Maya Kusuma lève la main et demande :

– Est-ce qu'on peut choisir avec qui travailler ?

Et regardant vers Keisha qui a déjà l'air d'une avocate prête à parler face à un juge elle ajoute :

– Je préférerais vraiment travailler avec quelqu'un que je connais.

Mme Yoon dit :

– S'il y a quelqu'un avec qui vous avez envie de travailler en particulier, n'hésitez pas à écrire son nom et je prendrai vos désirs en considération. Je ne garantis pas toutefois que vous pourrez travailler avec la personne de votre choix.

J'écris mon nom et à côté celui de Jana. Mme Yoon passe entre les tables et relève nos préférences.

– OK, maintenant parlons du contrat de classe que nous allons passer ensemble, dit Mme Yoon avec enthousiasme.

On se met d'accord sur le fait qu'on a le droit à l'erreur parce que c'est comme ça qu'on arrive à dire et à faire des choses. On fait également le serment de travailler ensemble et de respecter son prochain. Puis Mme Yoon fait signer le contrat à toute la classe.

– C'est sûr, c'est un peu ringard, avoue Mme Yoon, ce qui fait rire quelques élèves. Mais ça peut servir. Parfois mettre les choses par écrit aide.

J'ai un petit pincement au cœur. Si seulement ce cours n'était que de l'écrit, ça m'irait. Mais j'ai l'impression que je suis sur le point de me ridiculiser à ce cours d'histoire-géo pour toute l'année.

La cloche sonne et j'entends Fiona dire d'une voix désagréablement forte :

– Ça va être tellement chouette ce cours !

– Vraiment ? dis-je dans un souffle à Jana.

Alors qu'on quitte la classe, Jacob passe devant nous et nous lance un salut. Une fois qu'il est à bonne distance, Jana pose sa main sur son cœur et lance :

– J'ai le cœur qui bat si vite. Ce garçon est un danger pour la santé publique.

C'est sûr qu'il l'est, je me dis. Ça va être difficile de ne pas l'aimer.

D'une manière ou d'une autre, jusqu'à la fin de la journée, je parviens à écarter toute pensée concernant Jacob. À mes autres cours, je me concentre sur une prise de notes soignée et je fais des petits dessins assez élaborés de mes camarades de classe. Je remarque plein de petits trucs, comme le fait que le sol en lino est moucheté jaune et gris – des couleurs qui ne sont pas celles de notre école mais de notre collège rival. Et le fait que personne ne met son sac dans les cases en métal situées sous les bureaux parce qu'elles sont trop petites. Ma méthode a l'air de fonctionner. Je suis très occupée à remarquer le moindre espace dans lequel il n'y a pas Jacob.

À la fin des cours, les élèves se pressent dans les couloirs, notamment les sixièmes qui arrivent en groupes et bousculent tout le monde. Malgré tout, je me sens calme et contente d'être avec ma meilleure amie maintenant que les cours sont terminés. Jana et moi avançons par zigzags et en riant. C'est plus marrant d'être avec Jana qu'avec qui que ce soit d'autre.

Elle ralentit quand on arrive à côté des bureaux, là où un tableau affiche les anniversaires de tout le monde :

– Je cherche mon nom, dit-elle.

– Pas de raison qu'il n'y soit pas, je lui fais remarquer.

Le tableau des anniversaires est gigantesque : il liste par mois les anniversaires de chacun avec la date précise. Chaque mois il y a au moins cinquante noms.

On passe toutes les deux le tableau au scanner.

– Regarde, tu es là je lui dis. Tu vois: Jana Patel, le 16 septembre.

Jana met soudain sa main devant sa bouche:

– Oh. Non. Ce n'est pas vrai!

– Quoi? je lui demande alarmée.

Un groupe de sixièmes passe à côté de nous en criant. Jana secoue la tête.

– Vraiment Jana. Dis-moi!

– Regarde qui est presque à côté de moi, dit-elle.

Mes yeux retournent au tableau et s'arrêtent sur un nom familier. Jacob Matthews. Mon cœur recommence à battre très fort. Mince! Moi qui pensais m'être débarrassée de mes sentiments pour ce garçon...

– Jacob et moi, on est tous les deux du mois de septembre, amis d'anniversaire! crie-t-elle. Regarde son anniv' c'est le 10.

– Dingue, je réponds en essayant de paraître contente pour elle.

Elle saute dans tous les sens en s'accrochant à ma manche.

– T'arrives à le croire?

Non. Mais c'est encore un truc qui les rassemble.

– C'est incroyable, dis-je en ayant la sensation de me noyer.

On arrive dehors, et on marche jusqu'au parking où les bus attendent. Il y a des groupes d'élèves qui cherchent le leur ou qui font de grands signes à leurs parents. Quant à moi, j'ai l'impression que le monde conspire pour que mon coup de cœur et ma meilleure amie se mettent ensemble.

– Peut-être que Jacob et moi pourrions coorganiser une fête, me dit Jana avec un demi-sourire.

– ...

– Je sais. C'est pas comme si, à ce stade, on s'était *tant* parlé que ça. À propos de fête, je t'ai dit que ma mère m'avait autorisée à louer une console à karaoké pour ma prochaine soirée pyjama ? Et que je pourrai faire un salon manucure dans la pièce principale ? Elle m'a dit qu'elle me donnerait de l'argent pour aller choisir de nouvelles couleurs.

– Super, la console karaoké !

Ça, ça va vraiment être cool. Je suis de nouveau impatiente. D'abord, Jana adore chanter en duo avec moi, même si en général elle chante faux. Je ne sais pas chanter non plus, excepté sous ma douche. Ma voix ressemble plus à un gazouillement. Du coup, à deux, on est tellement nulles que c'est génial.

– En plus mon père nous fera des pizzas maison cuites dans notre four à bois. Et on pourra choisir nos garnitures.

– Ça va être tellement chouette !

– Oui ! Ma mère a même dit que, comme je vais avoir treize ans, elle nous laissera veiller au-delà de minuit.

– J'ai hâte, dis-je.

Jana sourit alors qu'on se sépare et me lance :

– À tout à l'heure à l'entraînement !

– Oui, je lui réponds, à tout à l'heure.

Jana m'a convaincue l'année dernière de rejoindre l'équipe de foot. J'avais fait du foot en équipe junior quand j'étais petite, mais je n'avais pas été emballée, alors j'avais arrêté. Puis l'an passé, Jana m'a raconté comme ça pouvait être super sympa de voyager avec son équipe de foot : on va à des tournois comme le Festival Boo et on s'habille en costumes d'Halloween.

Je me souviens exactement du moment où j'ai recommencé, au printemps dernier. Alors qu'on se précipitait dans les couloirs juste avant les premiers cours de la journée, ce jour-là, elle m'avait suppliée :

– Allez Maddie. S'il te plaît. Fais-le. Au moins essaie. Ça va être chouette !

– Je ne connaîtrai personne…

– Tu me connaîtras moi. Ça ne suffit pas ? m'avait-elle répondu en souriant.

– Je vais y réfléchir, j'avais répondu.

Ce qui était une erreur, parce que ça lui donnait prise.

Ce jour-là, elle m'avais tannée et j'avais fini par arrêter de résister. En plus, pour être honnête, je cherchais quelque chose à faire après les cours, vu que la céramique ce n'est qu'une fois par semaine.

Ma meilleure amie pouvait convaincre n'importe qui de n'importe quoi. Une fois, elle avait persuadé notre prof de maths, Mme Pearson, de ne pas lui mettre de zéro pour un devoir non rendu. Jana lui avait dit que de la sauce tomate s'était renversée sur son devoir et que son caniche, Gus, l'avait mangé. Mme Pearson lui avait souri et lui avait dit de ne pas s'inquiéter. Si moi j'avais raconté cette histoire, Mme Pearson m'aurait mis un zéro sans hésiter. Mais là, Mme Pearson lui a mis un « + » sur le carnet de notes en ligne et lui a demandé s'il lui arrivait de garder les animaux domestiques. C'était incroyable.

Parfois j'aimerais savoir parler comme Jana – pouvoir dire tout ce que je veux et avoir tout le monde qui écoute.

Une fois chez moi, je repense à la journée et je me dis que c'était vraiment une rentrée surprenante. Mais malgré tout ce qu'il s'est passé, j'ai vraiment hâte d'être à l'anniversaire de Jana.

Tandis que mon chien Morty me saute dessus et me lèche le visage, ma mère me pose une tonne de questions sur cette journée. Elle ne se contente jamais de réponse genre « bien ». Elle veut les détails.

Elvie, elle, lui donne toujours des détails, donc moi j'essaie de faire pareil. Je lui parle un peu de mon prof de science, M. Gibson, dont les cheveux sont vraiment très bouclés et la barbe en broussaille. Je lui raconte que cette année je n'ai pas oublié le code de mon casier et que je sais exactement où aller. Je lui raconte que le cours d'histoire-géo va être super intéressant mais je ne lui raconte pas le coup de cœur de Jana. Et je ne lui raconte pas le mien, non plus. Enfin je veux dire mon « non coup de cœur ».

Ces problèmes de coups de cœur me perturbent. Alors je vais jusqu'à feuilleter les livres de ma mère sur le développement personnel mais je ne peux pas dire que j'y trouve les réponses que je cherche. Un de ces livres annonce : « Soyez votre meilleure amie. » Je ne vois pas trop comment ça peut aider. Parce que si j'étais ma propre meilleure amie, je me raconterais tout sur Jacob.

Plus tard, quand Elvie rentre du lycée, elle me montre avec enthousiasme une liste de livres qu'elle va lire pour ses cours de prépa littérature. On est en haut, dans le bureau avec les grandes baies vitrées qui donnent sur le jardin et on s'apprête toutes les deux à commencer nos devoirs.

– La prof est incroyable, dit Elvie. Elle va nous donner tout au long de l'année des rédactions à écrire en temps record.

– Vraiment ? Ça n'a pas l'air très marrant.

Elle s'affale sur une chaise en face de son ordinateur et poursuit :

– Mme King va nous montrer toutes les techniques. Apparemment, les élèves qui suivent ses cours ont des super notes aux examens. Elle est très sévère mais c'est efficace.

Et elle s'interrompt pour regarder sur internet la vidéo d'un cours sur la manière de jouer de la contrebasse électrique. Perplexe, je lui dis :

– Mais tu n'as même pas de contrebasse électrique.

Sa contrebasse classique est en bas dans le salon dans le coin derrière le piano. En général elle s'entraîne après le dîner et même parfois avant les cours.

– Je vais avoir une contrebasse électrique, déclare-t-elle en bougeant ses doigts comme si elle jouait de l'air-guitare, enfin je veux dire de l'air-contrebasse. Et créer mon propre groupe.

– Comment tu vas avoir le temps pour faire ça avec tous tes clubs et tes cours de prépa ?

– On dirait les parents, me répond Elvie en soupirant.

Je mets ma main devant ma bouche :

– C'est vrai. C'est dingue. Je ne voulais pas vraiment dire ça.

– Ça va, me répond-elle fièrement. Tu es en train de grandir.

CHAPITRE 7

LE SOUVENIR

Le lendemain, lorsque je passe les portes battantes, la cantine est déjà bondée et la file pour les repas chauds va presque jusqu'au bar à tacos. Jana et Torielle me retrouvent et on se fraie un chemin jusqu'au centre de la salle, où Katie nous attend à côté du bar à sauces et condiments.

Je tourne la tête et croise les yeux de Jacob. Il est assis à côté de deux joueurs de foot au fond de la cantine, près des chariots. Il nous fait signe. Je réponds d'un hochement de tête et d'un sourire. Torielle donne un coup sur l'épaule de Jana.

– Jacob est en train de te dire quelque chose, lui dit-elle.

En vrai, je pense que c'était à moi qu'il s'adressait, mais je ne dis rien.

– Oh salut, dit Jana joyeusement en se retournant pour lui faire un signe enthousiaste.

– Ça s'annonce bien, non ? demande Jana.

– Très, je dis.

– Maddie, je ne savais pas que tu le connaissais, dit Jana.

– Heu, il est avec nous en cours d'histoire-géo, je fais remarquer.

– Tu ne crois pas qu'il m'a fait un signe insistant, je veux dire un plus long que nécessaire ? demande Jana.

– Sans doute.

Katie ouvre son sac déjeuner qui est couleur citron vert, elle en sort une serviette de la même couleur citron vert, qu'elle étale sur la table après avoir soufflé sur les miettes qu'il y avait :

– Pour info les filles, que ça vous plaise ou non, je nous ai inscrites pour travailler à la Maison hantée d'Halloween organisée par l'association de parents d'élèves pour lever des fonds en octobre.

– Super, répond Torielle. C'était tellement sympa l'année dernière.

– Je suis d'accord, dis-je.

– Il n'y a rien de mieux que de faire peur aux gens, répond Jana en mettant ses mains en forme de griffes et en montrant ses dents.

On rit toutes les quatre.

– Si vous pouviez juste me donner des idées pour le repas de rentrée des profs, dit Katie. Ma mère, madame la présidente de l'association de parents d'élèves, n'arrête pas de me demander ce que les profs aimeraient manger.

– Des pizzas ? suggère Torielle.

– Non, répond Katie en secouant la tête. Ça c'est un truc d'enfants.

– Des lasagnes, propose Jana.

– Ouais, ça pourrait le faire.

Katie sort et dispose ses sushis, ses graines de courge et sa poire sur sa serviette.

– Ou peut-être pas. Et si on faisait quelque chose d'inattendu ? Peut-être un truc comme des roulés de pizza mais façon grand chef.

Je pose mon thermos de soupe et croise les bras :

– Pourquoi inattendu ?

– Parce que c'est une surprise, répond Jana. Tout le monde adore les surprises.

Vraiment ? Personnellement, je suis fatiguée des surprises. Cette semaine a déjà été trop surprenante.

Puis, il se passe un truc marrant avec les yeux de Katie. Ils se mettent à grossir de manière étrange :

– Oui des roulés de pizza, dit-elle en parlant lentement. Ils. Sont. Vraiment. Délicieux.

– Je suis d'accord, dit Torielle d'une voix tout aussi lente et tendue. Et c'est *très* mignon.

Elle se comporte bizarrement, se renfonce dans sa chaise et fait des sortes de mouvements de tête vers Jana et moi, et ajoute :

– Et pas loin de nous.

– Qu'est-ce qui vous arrive les filles ? demande Jana.

– Oui ! je réponds en riant. Vous faites des trucs bizarres.

– Derrière vous, en approche, chuchote Torielle, à six heures.

Elle adore les polars et parfois parle à la manière des détectives.

– *Jacob*, glisse Katie, il vient par ici avec Lukas Wu.

Jana ouvre la bouche à s'en décrocher la mâchoire.

J'ouvre la bouche à m'en décrocher la mâchoire.

On se retourne et les garçons sont juste là.

– Oh, re-salut ! dis-je d'une voix un petit peu trop forte et Jana fait exactement pareil.

– Comment ça se passe par ici ? demande Jacob.

– Super, répond Jana.

– Génial, dit Jacob.

Je suis folle ou bien est-ce que ses yeux s'attardent sur moi ? Il fait son petit sourire en coin, typiquement à la Jacob, mais je décide d'y être insensible.

Jana le présente à Torielle et à Katie. On connaît déjà Lukas mais pourtant on a l'impression qu'on le rencontre pour la première fois. Les garçons de la classe l'aiment beaucoup mais côté filles on ne parle pas vraiment de lui.

Jacob, qui porte une chemise bleu vif de la couleur de ses yeux, désigne les deux chaises vides à notre table.

– Est-ce que ces chaises sont prises ? demande-t-il mine de rien.

– Non ! répond Jana de manière sans doute un peu trop enthousiaste.

Lukas s'assoit sur la chaise à côté de la mienne, Jacob sur celle qui est juste à côté de Jana. Lukas est sympa – un peu petit, mais mignon, et ses cheveux courts brun foncé sont en bataille. Il porte toujours des T-shirts du FC Barcelone et il est connu pour être un dribbleur hors pair. Il est aussi bon que Jana.

– J'adore les épinards à la crème, dit Lukas en montrant le plat sur son plateau.

– Pour de vrai ? je demande, ne sachant quoi répondre.

C'est la *toute* première fois que des garçons viennent manger avec nous. Ce qui fait qu'on devient officiellement la première table mixte. L'année dernière, certains garçons s'arrêtaient à notre table, d'accord. Mais plus pour nous jeter des trucs par-derrière ou bien piquer un sprint après avoir pris nos gâteaux. Mais là, c'est différent, cette fois ils ne cherchent pas à nous faire une blague. J'ai l'impression que tous les cinquièmes ont les yeux braqués sur nous en ce moment et notamment Fiona. Elle ne peut pas être amoureuse de Jacob vu qu'elle est sa cousine, donc je me dis qu'elle regarde Lukas. Et parce qu'il est à côté de moi, elle me regarde vraiment fixement, ce qui me donne l'impression qu'elle va me transpercer le front.

– Donc… Jacob lève ses sourcils et me regarde d'un air innocent en lançant : Ils ont des machines à café dans cette cantine ?

– Non, seulement dans la salle des profs, dis-je rapidement.

J'essaie de penser à un autre sujet de conversation. Je n'ai pas parlé à Jana de notre rencontre au Friendly Bean et ce serait vraiment bizarre d'en parler seulement maintenant ! Au désespoir, j'attrape une cuillère-fourchette du bar à sauces qui se trouve juste derrière moi.

– Dommage, continue Jacob, parce que je…

– Comment quelqu'un a pu penser que ce serait une bonne idée ? je dis en brandissant cette fourchette qui fait aussi cuillère.

– Non, répond Lukas en levant les yeux au ciel, ça ne marchera jamais pour mes épinards à la crème.

– C'est ni une fourchette ni une cuillère, répond Katie.

– J'en avais oublié l'existence, répond Jacob en sortant une barre de céréales de son sac déjeuner. (Apparemment il commence par le dessert.) On n'avait pas de cuillère-fourchette dans mon ancienne école.

Et du coup, je souris parce que Jacob parle de cuillère-fourchette et pas de café. Et il n'a plus l'air d'être près de parler de frappé au chocolat vanillé. Ouf !

Katie mord dans sa poire :

– Vous ne croyez pas qu'un jour ils pourraient investir dans des couverts ? Je vais peut-être en parler aux associations de parents d'élèves.

– Quoi, genre une fourchette ? demande Torielle.

Et bientôt, alors qu'on commence à inventer toutes sortes d'ustensiles, l'étrangeté de la situation s'évapore. On invente la tasse-couteau mais aussi le cuiteau, la cuillère qui fait aussi plateau.

– C'était cool ce déjeuner avec Jacob et Lukas ! dit Katie, ce qui me surprend vu que je me disais que ça la dérangerait qu'il y ait des garçons à notre table.

On se dirige vers le hall pour notre cinquième heure de cours.

– Vraiment cool, ajoute Torielle alors qu'on dépasse un groupe de sixièmes.

– Oui !

Ça, Jana et moi on le dit en même temps. Du coup on crie en chœur : « Cric ou Crac ! Interdit de parler jusqu'à ce que quelqu'un dise ton nom ! » On rit toutes les deux, et on arrête de parler pour se faire des signes à la place, comme ça tout le long du chemin.

Après qu'on a dit au revoir à Torielle et Katie qui ont toutes les deux arts plastiques, Jana et moi allons au cours d'histoire-géo.

– Qu'est-ce qu'il y a de si drôle ? demande Fiona quand on entre en cours. Allez, dites !

Je n'arrive pas à croire qu'elle essaie encore de renouer avec Jana. Mais on se frappe toutes les deux **la poitrine**. On a toutes deux tellement envie de parler qu'on n'attend qu'une chose, c'est que Fiona dise notre nom.

– Vous êtes folles dit Fiona.

À ce moment-là, j'en veux vraiment à Fiona. On n'est pas folles. On est juste deux meilleures amies qui rigolent. C'est Fiona la folle. Elle a mis Jana mal à l'aise juste pour avoir plus de notoriété sur les réseaux sociaux.

Malgré tout, on acquiesce toutes les deux en continuant de se frapper la poitrine.

– Maddie, Jana, je ne vous comprends pas ! dit Fiona.

– Merci, dit Jana en éclatant de rire et en prenant Fiona dans ses bras.

Dingue. Ça c'était bizarre. Elle a vraiment fait ça ? Pris dans ses bras la Traîtresse ? Ou est-ce que j'ai halluciné ? Et là je vois clair : Fiona est la cousine de Jacob, Jana veut se rapprocher de Fiona pour se rapprocher de Jacob.

– Merci, dis-je, un peu irritée que Jana ait pris Fiona dans ses bras.

Cependant, rester muettes en cours d'histoire-géo, ça aurait vraiment posé problème.

CHAPITRE 8

LE DÉBAT

Aujourd'hui, on va avoir nos sujets de débats en histoire-géo.

Je sais ça parce que Mme Yoon vient juste d'écrire sur le tableau blanc en énormes lettres orange :

AUJOURD'HUI : DÉBATTRE DES SUJETS !

Ça ne me fait pas spécialement plaisir.

J'enlève mon sac à dos et je m'assois. La cloche va bientôt sonner. Il y a de plus en plus de brouhaha dans la classe à mesure que les élèves entrent. Tout autour de moi, chacun ouvre son sac et pose son classeur sur son bureau, ce qui me rappelle que je vais devoir débattre face à eux tous. Pfff ! Parler en public est mon pire cauchemar. Je sais que je vais être tellement mauvaise que ça va mettre les gens mal à l'aise. Quand je suis nerveuse je commence à parler très vite, je transpire et ma voix tremble.

Je vais vite voir Mme Yoon :

– Est-ce qu'il serait possible de faire un devoir indépendamment des débats ? je lui demande.

Ou plutôt, je supplie.

– Tout peut toujours être envisagé, me répond-elle en rangeant son marqueur sur le bord du tableau. Qu'est-ce qui t'intéresserait ?

– Je ne suis pas sûre. Je voudrais faire quelque chose en remplacement du débat.

– Je suis désolée Maddie mais tout le monde doit débattre. Ça, ce n'est pas possible d'y échapper.

– D'accord, je réponds en essayant d'avoir l'air plus joyeuse que je ne le suis, avant de retourner m'asseoir.

– T'as demandé quoi à Mme Yoon ? m'interroge Jana en se retournant.

Elle est assise juste devant moi.

Je lui explique et elle me lance un regard plein de compréhension.

– Il fait chaud ici, poursuit-elle en s'éventant le visage. Ses joues sont rouges comme des tomates.

– Oui, on dirait un sauna.

Je ne suis peut-être pas ravie de devoir parler en public mais au moins ma meilleure amie sera là. Je regrette vraiment qu'on n'ait aucun de nos cours du matin ensemble. Et, au moins, Mme Yoon fait partie des profs cool qui laissent les élèves s'asseoir où ils veulent. Les profs pas très sympas se servent de l'ordre alphabétique. Mon nom de famille c'est Campbell, ce qui signifie que, dans mes autres cours, je dois toujours m'asseoir à côté de Fiona Callum. Elle n'arrête pas de parler de ce que Jana et elle faisaient quand elles étaient amies. C'est super énervant.

Jana jette un œil derrière nous, vers Jacob et Lukas qui sont assis dans les derniers rangs.

– Jacob est teeeeellement mignon, me chuchote-t-elle.

C'est vrai. Même si je ne suis pas censée le penser. Lui et Lukas s'échangent une petite balle en tissu et Mme Yoon ne le remarque même pas. Je me redresse :

– Je vais devoir te lancer de l'eau froide au visage pour te rafraîchir, dis-je en plaisantant à Jana.

Elle louche et plisse ses lèvres.

Je ris. Elle sait vraiment faire le clown. C'est une des nombreuses raisons pour lesquelles je l'aime. Je suis assez fière de moi d'avoir jusqu'à maintenant respecté le Code des Meilleures Amies à vie et su rester détachée pour tout ce qui concerne Jacob. Mais jusqu'à quand je vais pouvoir garder cela pour moi ? J'espère que je n'aurai pas à tenir très longtemps. Jana devrait vite changer de coup de cœur, c'est ce qu'elle fait toujours.

Face à la classe, Mme Yoon, avec dans sa main sa tasse où est inscrit « Quel est votre super-pouvoir ? », sourit de toutes ses dents, comme si elle était impatiente de commencer les cours.

Le taille-crayon vrombit au fond de la classe. Ma tête aussi vrombit quand je pense aux moyens d'échapper à ce projet. Peut-être que, par exemple, je pourrais dire à Mme Yoon que j'ai une extinction de voix qui devrait durer une ou deux semaines… Faut juste que je réfléchisse à une excuse valable.

– Allez tout le monde, on va commencer ! dit Mme Yoon en posant son café sur son bureau.

Elle dit ça comme si elle était sur le point de distribuer des cornets de glaces.

– Pendant les prochaines semaines, le temps des cours sera consacré à faire des recherches sur les différents sujets que je vais vous donner. Ces sujets, vous allez en débattre par équipe pendant trois jours, du 18 au 20 septembre. Je pense que cet exercice va vous plaire même s'il demande *beaucoup* de travail.

La plupart des élèves haussent les épaules quand elle dit « beaucoup de travail », dont moi.

– Vous allez devoir travailler à la maison pour faire ces recherches, poursuit Mme Yoon. Tout le monde devra faire référence à au moins cinq sources différentes. Ça pourra être des livres, des articles, des vidéos ou bien des liens internet fiables.

Sean Thompson, un garçon qui porte toujours des casquettes de baseball, lève la main et demande plein d'espoir :

– On peut se servir de Wikipédia ?

– Non, pas directement, répond Mme Yoon en secouant la tête. Vous ne pourrez vous en servir que comme moyen pour vous orienter vers d'autres sources. Mais ne vous inquiétez pas, nous allons visiter la bibliothèque. La bibliothécaire de l'école, Mme Herrick, vous donnera toutes sortes de conseils qui vous permettront de trouver les sources nécessaires, poursuit-elle en se perchant sur le coin de son bureau et en balançant ses jambes. La bibliothèque est l'endroit que je préfère au monde.

OK. Je peux comprendre ça. J'aime bien les bibliothèques moi aussi, surtout leurs livres d'art. Mme Yoon glisse de son bureau et s'avance vers le premier rang :

– Donc comme promis, je vais former les groupes et donner à tout le monde le sujet du jour à débattre.

Du coin de l'œil, je vois que Fiona applaudit en silence. Manifestement elle essaie de faire de la lèche à la prof.

Mme Yoon parcourt la classe pendant un moment :

– Tous ces sujets prêtent à controverse, dit-elle l'air sérieux. Beaucoup de gens vont avoir des idées très arrêtées sur chacun des sujets, ce qui nous amènera à des débats chouettes et vivants.

– Si Mme Yoon dit « chouette » encore une fois, je crie, dis-je à voix basse à Jana.

– Tout va bien se passer. Fais-moi confiance, me glisse-t-elle en réponse.

C'est facile à dire pour elle ! Elle ne sait pas ce que c'est que de ne pas être à l'aise devant un public.

– Donc, vous êtes prêts ? demande Mme Yoon comme si elle lançait le début des festivités de fin d'année. Mettant sa main en cornet derrière son oreille, elle répète :

– Je ne vous entends pas. Êtes-vous prêts ? demande-t-elle d'une voix plus forte.

– Oui ! crie Fiona tandis que tout le reste de la classe marmonne son accord.

– Plus fort ! insiste Mme Yoon. *Êtes-vous prêts ?*

Cette fois, on entend comme un bruit de tonnerre qui vient du fond de la classe. Je me retourne et vois que Jacob et Lukas tapent des pieds et martèlent leur bureau avec leurs poings. Toute la rangée du fond fait la même chose, et bientôt, toute la classe est remplie de ce tapage. Jana et moi on s'y met aussi. C'est assez marrant. Un peu comme un orchestre qui jouerait avec ses pieds et ses poings.

Mme Yoon nous fait signe d'arrêter. Elle sourit.

– Bien mieux, les enfants. Voilà l'état d'esprit ! Vous serez par groupes de quatre et chaque groupe aura un sujet à traiter. Voici les sujets.

Elle relève avec solennité l'écran qui couvrait le tableau. Dessus on peut lire sept sujets et les noms des gens dans chaque groupe.

Chacun se penche en avant pour voir les sujets et le groupe dans lequel il est. J'espère que je suis dans un bon groupe et surtout que je ne suis pas avec Fiona.

Je ne suis pas dans le groupe qui traitera du sujet LE DROIT DE VOTE DOIT ÊTRE ABAISSÉ À 13 ANS. Mais je vois que Lukas fait partie de ce groupe-là. Je n'aurai pas non plus à traiter du sujet LES ÉCOLES PUBLIQUES DOIVENT CESSER D'IMPOSER L'UNIFORME.

Je continue de parcourir la liste des sujets, mon nom ne figure sur aucun d'eux. J'arrive enfin au bas du tableau : LES ÉCOLES DOIVENT INTERDIRE LES CAMÉRAS DE SÉCURITÉ.

Et là je vois mon nom. À côté de celui de Fiona, de Jana et de Jacob !

Dingue ! Je ne sais pas trop quoi en penser. J'avale ma salive. Je suis vraiment contente d'être avec Jana. Mais

Fiona... bizarre. Et Jacob, bon, c'est un problème. Comment rester neutre tout en travaillant avec lui ?

Jana se retourne et me tape dans la main :

– On est dans le même groupe ! Super !

Puis en baissant la voix, elle ajoute :

– Je suis avec Jacob. C'est un miracle.

Bien sûr elle dit « je suis ».

Mais en fait c'est « on est ».

Nous sommes avec Jacob. Et avec Fiona.

Et puis ça me revient. Hier, on a pu choisir avec qui on voulait travailler et Mme Yoon a essayé de respecter nos choix. Fiona a dû écrire le nom de Jana et probablement le nom de son cousin Jacob. Jana a écrit mon nom et celui de Jacob. Et moi j'ai écrit le nom de Jana.

Quels noms a écrit Jacob ? J'ai tellement envie de me retourner pour le regarder. Mais je m'abstiens.

Mme Yoon explique que débattre ce n'est pas un concours de celui qui criera le plus fort. C'est une discussion sur un sujet, sur lequel on a fait toutes les recherches nécessaires. Ce n'est pas une discussion à partir d'impressions ou de sentiments. C'est une discussion logique.

Elle nous fait déplacer nos tables pour les accoler par groupes de quatre.

– Je veux que vous vous asseyiez avec votre groupe, explique-t-elle, et commenciez à discuter un peu du sujet qui vous a été donné. Dites ce qui vous passe par la tête.

Je ne crois pas avoir jamais vu Jana se déplacer aussi rapidement. Elle s'assoit à la table en face de Jacob. Ça lui permettra de plonger dans le bleu de ses yeux.

Je devrais m'asseoir à côté de Jana. Je devrais lui laisser avoir Jacob pour elle toute seule. Mais je ne peux pas m'en empêcher : je m'assois à la table qui est à côté de lui. Au moins, de cette manière, j'aurai une vue de côté.

– Oh non ! Je suis cerné, plaisante Jacob. Que des filles. Et ma cousine.

– Ah ah, rit Fiona en donnant un coup dans sa chaise.

– Tu as de la chance, répond Jana d'un air narquois.

– C'est vrai qu'on a le meilleur sujet de débat, ajoute Fiona assise juste en face de moi. Vous ne trouvez pas ?

– Tous ces sujets sont difficiles à traiter, dit Jana.

– Pas si on fait les recherches qu'il faut, souffle Fiona.

Elle s'assoit bien droite et enlève des peluches imaginaires de son sweat à capuche.

Jacob fait tourner son stylo :

– J'aurais préféré avoir le sujet sur l'abaissement de l'âge à partir duquel on peut avoir son permis de conduire. Ce serait tellement bien si je pouvais conduire l'année prochaine. Dans une voiture de course.

– Non, ça ne serait pas si bien, répond Jana en prenant une tête tout droit sortie d'un film d'horreur.

– Ce serait bien trop dangereux, dit Fiona.

Derrière ses lunettes, ses yeux grandissent d'inquiétude.

Jacob, la main sur le cœur, déclare :

– Je vous promets que si j'ai mon permis de conduire l'année prochaine, en quatrième, je n'écraserai aucune d'entre vous. Juste vos orteils.

– Dingue, tu es si prévenant ! je réponds.

Et Jacob me fait un sourire.

Et, malgré moi, mon cœur se met à battre plus vite.

Pendant les cinq minutes suivantes, on parle des caméras de surveillance. On parle par exemple des endroits où nous en avons remarqué – dans les centres commerciaux, dans les stations-service – et on se demande si on en a déjà vu dans notre collège de Northborough.

– Je suis presque sûre qu'il y en a une près des bureaux, dit Fiona.

Jacob acquiesce :

– Oui. C'est pour avoir une image de *toi*. Puis il ajoute en nous regardant avec un air faussement désolé : ma cousine est un enfant à problèmes.

Fiona donne encore un coup dans sa chaise.

– Je pense qu'il y en a une près du gymnase, j'ajoute.

– Je ne crois pas, répond Jacob.

Et, immédiatement, Jana est de son avis.

Bientôt on commence une grande dispute sur le besoin de caméras. Pas une vraie dispute. Mais on en débat avec enthousiasme.

Fiona nous demande de baisser d'un ton :

– Du calme, dit-elle.

J'avais oublié comment elle peut faire sa cheftaine parfois. Bien sûr, Jana aussi a un côté chef, mais marrant. Fiona serait capable de dire au directeur de l'école de parler moins fort.

– Mme Yoon essaie de parler, ajoute-t-elle en montrant notre professeure qui nous demande d'arrêter nos discussions et de l'écouter.

– Bon, maintenant que vous avez échangé sur vos sujets, passons à l'étape suivante, dit Mme Yoon. Divisez votre groupe en deux. Deux d'entre vous seront le « pour » et les deux autres seront le « contre ». « Pour » signifie que vous êtes d'accord avec la phrase proposée pour le débat. « Contre » signifie que vous n'êtes pas d'accord. On appellera l'équipe des « Pour », l'équipe de *proposition*, et l'équipe des « Contre », celle d'*opposition*. Donc l'équipe des « Contre » sera composée des gens qui sont aux tables de droite et l'équipe des « Pour », des tables qui leur font face.

Tout le monde commence à discuter et à se demander s'il est dans l'équipe des « Pour » ou des « Contre ».

– Ce n'est pas si difficile, dit Fiona. Jana et moi on est « Pour ». Et Jacob et Maddie sont « Contre ».

Jacob me sourit et, je ne peux m'en empêcher, je lui souris en retour timidement. J'ai beau essayer de lutter très fort, il me plaît encore beaucoup. C'est tellement frustrant !

– Quoi ? Vous êtes sûrs ? s'exclame Jana. J'ai plutôt l'impression que Jacob et moi on est dans la même équipe.

Fiona lève les yeux au ciel en poussant une sorte de soupir :

– Non puisque tu lui fais face. Et tu es assise à côté de moi. Donc *nous* sommes toutes les deux dans la même équipe.

Elle a dit *nous* avec un ton très possessif.

Jana lève la main :

– Mme Yoon, vous pouvez venir s'il vous plaît ? On a une question.

Notre prof arrive vers nous et patiemment explique que oui, Fiona a raison :

– Jacob et Maddie vont travailler ensemble. Et elle ajoute d'un signe de tête à Jana et Fiona : Vous deux les filles vous serez dans la même équipe, vous devrez défendre le point de vue de ceux qui sont *pour* les caméras.

– Mais je suis beaucoup plus contre, proteste Jana. Est-ce qu'il ne serait pas mieux que je débatte avec des arguments auxquels je crois ?

Si j'avais encore le moindre doute sur le fait que Jana aime vraiment Jacob, il est maintenant complètement levé. C'est pas que je doutais vraiment. C'est juste que j'espérais qu'elle le mettrait plus dans la catégorie « vraiment mignon » que dans la catégorie « sortir avec ».

Pour être honnête, j'espérais vraiment qu'elle serait vite lassée. Que quelques jours d'école auraient usé le coup de cœur.

Mais nooooooooon.

Jana est ma meilleure amie. On doit être unies et respecter le Code des Meilleures Amies à vie. Je ne pourrai jamais lui dire quels sont mes sentiments à l'égard de Jacob. Je n'ai surtout pas envie de la perdre en tant que meilleure amie.

Mme Yoon fait le tour de la classe, s'assurant que chacun sache bien dans quelle équipe il se trouve :

– Je comprends que vous vouliez tous être dans le même camp que votre ami, mais ce n'est pas toujours ce qu'il se passe, dit-elle à toute la classe.

Bien sûr, Mme Yoon pensait que Jana voulait être avec moi. Et normalement, s'il n'y avait pas eu cette histoire de coup de cœur, ça aurait été le cas.

Une boulette de papier arraché d'un cahier me frappe le coin du nez. Je commence à me tourner, en colère, mais je comprends que Jacob me l'a jetée de manière amicale.

Il me fait son sourire en coin :

– Hé, tu es prête à te battre contre ces deux-là ? Nous avons une bataille difficile à mener. Mais je pense qu'ensemble on peut y arriver.

C'est alors que ça me frappe (métaphoriquement je veux dire) : Jacob est dans mon équipe. Avec moi ! On va travailler ensemble sur le même projet pendant douze jours ! Je sais ça parce que Mme Yoon vient juste d'écrire sur le tableau la date du débat de chaque équipe. Jana, Fiona, Jacob et moi, on est programmés pour le 18 septembre. Ce qui signifie que pendant douze jours on s'assiéra ensemble et on travaillera ensemble.

Et soudain, tout ce truc de débat me plaît beaucoup plus.

Plus tard, après le cours, Jana et moi marchons dans les couloirs. Je me sens coupable d'avoir été si contente de travailler avec Jacob, alors je m'excuse :

– Désolée, je dis.

– De quoi ? demande Jana tandis qu'on se faufile à travers une flopée de quatrièmes portant des instruments de musique.

– Désolée d'être avec Jacob, tu vois, dans la même équipe quoi.

– Ce n'est pas ta faute. C'est Mme Yoon, répond Jana qui s'arrête soudain. Tu sais, je te regardais en cours, et je me demandais. Est-ce que tu es amoureuse de Jacob ?

– Quoi ? je dis en secouant vigoureusement la tête. Noooooon. Pas du tout.

– OK, je vérifiais juste, répond Jana dans un soupir de soulagement. Je ne comprends pas pourquoi on n'a pas pu choisir avec qui on voulait faire équipe. Je veux dire, regarde ce qui m'arrive. Je me retrouve coincée avec Fiona, dit-elle en levant les yeux au ciel.

Il y a une sorte de bouchon lorsqu'on arrive vers le tableau des anniversaires. Tout le monde veut savoir qui a son anniversaire au mois de septembre. On n'a pas besoin de regarder. On sait déjà.

– Vu que ce n'est pas moi, je suis ravie que ce soit toi. Dans l'équipe de Jacob je veux dire, ajoute Jana en baissant la voix.

– Oui, dis-je en parlant un peu plus fort parce que les couloirs sont très bruyants. Je suis tellement contente de pouvoir t'aider.

Et ce n'est pas un mensonge. Ce n'est pas du tout un mensonge.

– J'ai hâte d'être à ce soir, me dit-elle. J'ai l'impression que ça dure des plombes. C'est un peu une journée pourrie.

– Je suis désolée, je lui dis en passant mon bras autour de ses épaules. Au lieu de ça pense à des choses joyeuses. Pense à ta soirée pyjama d'anniversaire, que je vais t'aider à organiser et qui va être géniale.

Soudain, le visage de Jana s'illumine :

– Oui, dit-elle. On est une super équipe. Ça va être génial !

Après l'école, je rentre à la maison et dis rapidement bonjour à maman. C'est le jour où elle est en télétravail – elle est bibliothécaire à l'université de Boston, ce qui fait qu'elle a pas mal de temps de transports en commun jusqu'à son travail. Après ça, je monte dans ma chambre et je me mets à danser de joie, c'est à peu près tout ce que je fais pendant cette demi-heure.

Maman, d'en bas, me demande si j'ai vu Elvie et, d'en haut, je lui réponds que non.

Je lance en l'air M. Singe. C'est le singe en peluche que ma mamie Anna de Philadelphie m'a envoyé pour mon anniversaire quand j'avais trois ans et je l'aime toujours.

– Oh M. Singe, dis-je en le lançant encore, je t'aime !

Je l'embrasse et je fais semblant de danser une valse avec lui. J'ouvre les stores et contemple les érables. Les feuilles commencent à devenir rouge vif :

– C'est un jour magnifique, dis-je à M. Singe.

Je descends pour me faire à goûter et caresse Morty. Ma mère tourne autour de la table de la cuisine, le front plissé. Je m'apprête à lui dire que j'aime beaucoup sa robe. Qu'il y a plein de choses que j'aime. Mais je ne le fais pas. Je vois bien que ma mère est en colère.

On entend des bruits de pas sur les gravillons de notre allée. La porte s'ouvre et Elvie se glisse dans le salon. Ma mère lève les yeux vers elle, semblant à la fois soulagée et en colère.

– Où étais-tu ? dit maman en regardant sa montre.

– J'avais étude en groupe, répond ma sœur en enlevant son sac à dos.

Elle m'adresse un « Salut Maddie » et se penche pour caresser le cou de Morty.

– Salut ! je réponds.

Mais je préférerais être encore en haut. Maman n'est pas contente.

– Je ne comprends pas ton école, dit maman. Tu avais aussi étude en groupe hier. C'est fou ! C'est juste le début de l'année scolaire, c'est trop, dit-elle en secouant la tête.

Elvie enlève son coupe-vent en le secouant :

– Maman c'est normal. C'est la prépa. Il y a beaucoup de cours. Et je t'avais parlé de ces heures d'étude en groupe.

– Non, tu ne l'as pas fait.

– Si, répond Elvie en accrochant son manteau dans l'armoire, pendant le dîner.

Maman regarde fixement son téléphone.

– J'ai déjà beaucoup à faire en ce moment à mon travail. Alors tu as peut-être marmonné quelque chose, mais il faut que tu me notes clairement tes heures d'étude dans un calendrier partagé.

– D'accord, je suis désolée, dit Elvie d'une voix tendue. Je ferai ça la prochaine fois. La plupart des parents seraient ravis que leur fille reste après l'école pour étudier.

– Je le suis mais tu dois mieux communiquer avec moi, dit maman.

Je m'éclaircis la voix :

– Bon ben moi, j'ai passé une super journée à l'école. J'aime bien mes profs cette année. En histoire-géo on a reçu nos sujets de débats.

Je leur raconte que notre groupe va débattre sur la nécessité d'avoir des caméras dans les écoles.

Maman, prévenante, me dit :

– Je serai ravie de te donner quelques trucs qui te permettront de trouver tes sources. Il y a en effet des pièges à éviter.

– Merci maman, je lui réponds.

– Maman est très bonne pour l'investigation, dit Elvie. Prends ses conseils. Ça te permettra d'avoir de meilleures notes.

Parfois tout ce qui importe à Elvie, c'est les notes. Mais là, ça ne me dérange pas.

Maman va vers la cuisine :

– OK les filles, c'est l'heure de commencer à faire à dîner. Votre père travaille tard ce soir, il est sur un nouveau procès, donc on commencera sans lui.

Je dis à Elvie :

– Alors comment ça se passe la contrebasse électrique ?

– Plus tard, me répond-elle en posant le doigt sur ses lèvres.

Elle montre maman du menton. Et c'est là que je me rappelle que mes parents pensent qu'Elvie ne devrait pas se mettre à la contrebasse électrique parce qu'elle a déjà un emploi du temps chargé. On dirait qu'elle a un secret. Et ça, je sais ce que c'est.

CHAPITRE 9

UNE CERTAINE BALLE EN MOUSSE

Jeudi, pendant le déjeuner, Jana, Katie, Torielle et moi arrivons à la cantine ensemble. On se parle en détail de la soirée pyjama de Jana prévue pour dans exactement neuf jours. On est vraiment excitées à l'idée de découvrir la console karaoké et le salon manucure qu'il y aura à cette fête.

– La cantine est tellement bondée aujourd'hui, dit Katie en secouant la tête.

– Oui, répond Torielle, la plupart des tables rondes sont déjà prises.

– Si on s'asseyait là, propose Jana en pointant le doigt vers le bar à sauces.

On se précipite toutes vers cette table en écrasant presque un groupe d'élèves. Du coin de l'œil, je vois Jacob et Lukas arriver vers nous :

– Et si Jacob ne venait ici que parce qu'il ne trouve pas de place ailleurs ? dit Jana d'un air inquiet.

Ça ne lui ressemble pas du tout. Jana est pleine de confiance en elle d'habitude.

– Non. Il y a d'autres places de libres, remarque Torielle en ouvrant sa boîte thermos dans laquelle se trouve un mijoté.

De la vapeur en sort et avec elle une odeur de carotte, de choux et de saucisse.

– C'est vrai, dit Katie en étalant sa serviette en nappe avant de manger, comme à son habitude. Regarde toutes les tables longues.

Je sais que notre table est plus qu'un endroit pratique où manger parce que Jacob sourit. Je m'immobilise : je ne veux pas mordre dans mon sandwich au poulet pendant qu'il me regarde. Car, à moins que j'hallucine, c'est à moi qu'il sourit.

Et il s'avance pour s'asseoir à la place libre qui est juste à côté de moi ! Jacob est à moins d'un mètre de moi quand Jana se lève, attrape une chaise vide à la table derrière nous et la place entre Katie et elle.

– Jacob, dit-elle, tu peux t'asseoir là. Et Lukas peut s'asseoir à côté de Maddie.

J'essaie de ne pas montrer ma déception. J'aime bien Lukas – il pose beaucoup de questions concrètes. Mais la plupart du temps il aime bien parler voitures. Ça l'obsède. Et ce n'est pas comme si je n'aimais pas les voitures, mais je n'ai pas envie de parler de ça pendant tout le déjeuner. En plus, j'aurais vraiment aimé être à côté de Jacob.

Tous ensemble, on parle de tout et de rien. Par exemple, du fait que c'est vraiment ennuyeux de ratisser les feuilles mortes ; les châteaux avec un tas de feuilles mortes nous amusant moins qu'avant, quand nous étions plus jeunes. Katie nous raconte que sa famille va à Cape Cod ce week-end et qu'il fera encore assez chaud pour y nager. Après on commence une grande discussion sur les requins : est-ce que certains d'entre nous en ont déjà vu ; si oui, qui a déjà croisé de grands requins blancs sur les côtes du Massachusetts ; quelle est la probabilité qu'ils puissent nous manger.

– Ils goûtent juste des bouts, dit Lukas qui apparemment est un expert en requins. Ils n'aiment pas la chair humaine. Ils préfèrent les otaries.

– Alors ils sont un peu difficiles ? dis-je en plaisantant.

Tout le temps que dure notre discussion, je jette des petits regards vers Jacob. Nos yeux se croisent et il lance :

– Jouons à « cap' ou pas cap' ».

– Je ne mange rien de dégueu, prévient Katie.

– OK, dit Jacob. On va faire un truc : prenons tous un glaçon.

– Pas moyen, dit Torielle en croisant les bras sur sa poitrine. Ne comptez pas sur moi.

– C'est un autre genre de défi, rassure Jacob. Rien à voir avec un truc à manger. Je reviens tout de suite.

Il se lève, se faufile jusqu'au stand boissons et revient avec un gobelet rempli de glaçons :

– OK, bon, voilà comment ça va se passer, dit-il. Tout le monde prend un glaçon à main nue et celui qui arrive à le garder le plus longtemps gagne.

– Gagne quoi ? demande Lukas.

– Juste gagne, dit Jacob.

Puis il nous dit de tendre la main et fait le tour pour nous distribuer les glaçons.

Il commence par donner un glaçon à Jana, qui me regarde en mode « ça, ça veut *vraiment* dire quelque chose ». Au moment où la glace glisse sur sa paume, elle rigole.

– Ça chatouille, se plaint-elle joyeusement.

Quand c'est à mon tour, Jacob baisse la tête, ce qui fait que nos joues se touchent presque. Il sent la pomme et un peu la menthe aussi.

– Merci, je lui réponds d'une voix normale.

Mais je ne me sens pas normale. On n'a pas été aussi proches depuis le jour où j'ai renversé mon café frappé chocolat vanillé sur lui.

– De rien, répond-il doucement en me faisant un clin d'œil.

Mon cœur bondit. Il a fait des clins d'œil aux autres ? Non. Je ne crois pas. Mais peut-être qu'il a eu quelque chose qui l'a gêné dans l'œil.

Après que Jacob a distribué les glaçons, Lukas sort :

– Eh, tu m'en as donné plus à moi qu'à Jana.

– C'est parce qu'il me préfère, répond Jana en haussant les sourcils d'un air entendu.

– C'est parce que Jana a les mains moites, donc elle a déjà fait fondre la glace, dit Torielle en riant.

Jana lui tire la langue.

Jacob fait glisser le plus gros glaçon sur sa propre main :

– OK, un, deux, trois, go ! lance-t-il.

Après trente secondes, Lukas n'en peut plus, et il lâche le glaçon dans son verre.

– J'espère que tu ne comptes pas boire ça, dit Katie en secouant la tête.

– Si bien sûr, répond Lukas en prenant une grosse gorgée et en mâchant la glace.

– Lukas, tu as perdu ! déclare Jacob.

Lukas lui lance une serviette en papier réduite en boule, en visant sa tête, mais Jacob l'évite juste à temps.

Ma main est tellement engourdie par le froid que ça fait mal. Katie abandonne. Puis Torielle. Ma paume commence à palpiter et à brûler.

– J'abandonne, je dis, et je laisse glisser mon glaçon dans mon bol à salade vide.

Seuls Jana et Jacob continuent. Ils se fixent l'un l'autre. Ils grimacent tous les deux mais aucun n'abandonne. Ils restent là à se fixer, jusqu'à tous les deux déclarer la trêve.

– On est à égalité, annonce joyeusement Jana.

– Ouais, j'étais pourtant sûr que tu allais abandonner, lui répond Jacob en mordant dans une pomme.

– Non, je n'abandonne jamais, dit Jana.

Je me mords la lèvre. C'est exactement ce dont j'ai peur.

Soudain, Jana prend la balle en tissu de Jacob et me la jette. Je l'attrape et la relance à Katie. La balle atterrit dans sa salade à côté d'une tranche de tomate. Katie me fait une grimace.

C'est alors que le conseiller d'éducation Gottfried débarque et dit :

– Les filles...

Il nous regarde de plus près et voit qu'on n'est pas toutes des filles.

– Si vous voulez jouer à la balle, allez dehors !

– Je n'ai vraiment pas envie de jouer à la balle, répond Katie en repoussant ce qu'il reste de sa salade.

– Moi si, dit Jacob.

Il se lève d'un bond pour aller dehors et interroge Lukas du regard.

Lukas met les mains en l'air :

– Ne me regarde pas comme ça, je suis encore en train de manger.

Jana saute de sa chaise :

– Je viens !

– Et toi ? me demande Jacob.

– Heu, ça va. Je vais finir de manger mes tacos.

Jana me lance un sourire plein de gratitude et ils partent tous les deux, avec la petite balle en tissu qui les relie.

Pendant le cours d'histoire-géo, on va à la bibliothèque et on visite la section des références bibliographiques. La bibliothécaire, Mme Herrick, nous montre comment y trouver les sources recherchées et comment rechercher des sources fiables en ligne.

Avec Jacob, on passe vingt minutes à faire une sorte de chasse au trésor de l'information. C'est assez amusant. À chaque fois qu'on trouve quelque chose qui pourrait nous servir, on se tope la main. C'est son idée. Et alors je deviens complètement parano : à chaque fois je regarde autour de nous pour être sûre que Jana ne nous voit pas. Bien sûr, Jacob et moi, on est officiellement partenaires de débat. Ce n'est pas comme si on n'était pas censés passer du temps ensemble. Mais se toper la main, ça veut dire se toucher la main et je ne pense pas qu'elle aimerait beaucoup ça. Mais moi si. Néanmoins, ça serait mal vu qu'on s'amuse trop.

Mme Yoon nous ramène ensuite en classe pour la dernière partie du cours. Chacun s'assoit à sa table, collée à celle de son partenaire de débat. Ça signifie que ma table touche celle de Jacob. Ça signifie qu'à chaque fois que je lève la tête, je tombe droit dans ses yeux. Ce n'est pas juste. Surtout pour quelqu'un qui essaie d'oublier son coup de cœur.

Chacun a son classeur à quatre anneaux ouvert et on prend tous des notes quand Mme Yoon explique comment les débats vont se passer.

Je peux entendre le bruit du stylo de Jacob sur le papier. Savoir qu'il est si proche est *très* perturbant.

Mme Yoon veut s'assurer que les équipes opposées ne s'asseyent pas à proximité les unes des autres. Elle dit qu'on doit garder nos argumentaires secrets. Donc Jana est assise de l'autre côté de la pièce avec Fiona. On dirait qu'elles chuchotent. Je me demande de quoi elles parlent.

– Pour le débat en lui-même, vous aurez besoin de construire une déclaration d'introduction qui définira votre position, explique Mme Yoon. En d'autres termes, cela définit ce que vous pensez sur le sujet à partir des faits que vous avez collectés. Cela prendra cinq minutes du débat. Un des deux débatteurs de l'équipe prendra la parole en introduction et l'autre prendra la parole en deuxième partie du débat, pour la réfutation. On verra ce que ce mot signifie dans une minute. Au début donc, vous ferez une introduction en trois points qui soutiendront votre argumentaire. Chacun de ces points devra mentionner un élément à l'appui de votre affirmation. Qu'est-ce à dire ? Eh bien, des faits, des chiffres officiels tirés des livres et des articles que vous aurez utilisés. Chacun des points peut prendre jusqu'à deux minutes.

Landon lève la main :

– C'est tout ?

Jacob me sourit, je lui souris en retour. À ce moment-là ça m'est bien égal d'avoir plein de devoirs à faire à la maison.

– Non, ce n'est pas tout, répond Mme Yoon. Comme je l'ai dit, l'autre débatteur devra créer une réfutation aux arguments émis par les opposants. Une réfutation ne peut donc pas être écrite à l'avance. Vous devrez prendre des notes pendant que votre opposant est en train de parler. Vous serez limités dans le temps à deux minutes.

Et là, c'est moi qui lève la main :

– Et si à la place on lit sa réfutation ? Par exemple, si on l'écrit très rapidement pendant que l'opposant parle…

– On ne peut rien lire du tout, Maddie, me répond Mme Yoon en secouant la tête. Pas même vos points d'introduction. Vous pourrez jeter un œil aux fiches sur lesquelles vous aurez noté quelques faits. Mais pas de lecture. L'idée c'est que votre sujet vous soit si familier que vous pouvez en parler facilement.

J'ai l'impression soudain que le sol se dérobe. Jacob et moi, on va perdre. Il n'y a pas moyen que j'arrive à parler simplement devant tout le monde. Je vais m'embrouiller et mourir de honte.

– Qu'est-ce qui ne va pas Maddie ? chuchote Jacob.

– Rien, je mens.

Jacob est la dernière personne à qui j'ai envie d'en parler.

Mme Yoon poursuit son explication : nous devrons avoir un argument de conclusion qui devra être comme notre bouquet final. Il résumera tous nos meilleurs arguments.

Jacob se penche vers moi :

– Maddie, vraiment, lire ses arguments, ce n'est pas un truc à faire. À l'école de mon frère, il y avait cette prof de biologie qui lisait toujours tout ce qu'elle disait, et c'était d'un ennui mortel. Je suis sérieux.

– Ton frère a dû détester ça, je réponds.

– Il m'a dit que c'était génial : il a atteint le niveau 3 de tous ses jeux. La prof ne remarquait jamais si les élèves avaient sorti leur téléphone, elle était trop occupée à lire.

– C'est dingue, je fais.

Soudain, Mme Yoon surgit à côté de moi :

– Pas de bavardage, merci.

Je rougis. Et mince, est-ce que Jana va se douter de quelque chose en voyant qu'on bavardait ?

Je regarde vers elle, de l'autre côté de la classe, mais elle hausse les épaules. Elle a l'habitude de se faire prendre en train de bavarder, donc pour elle ce n'est rien du tout.

Après ça, Mme Yoon explique la manière dont elle attribue les notes. Il y a une partie sur la recherche (ça je peux le faire), une partie sur la clarté de la présentation (ça, pas moyen), et puis une partie sur notre manière de bien travailler en groupe.

Jacob me donne un coup de coude et chuchote :

– Ça on peut y arriver.

– Quoi ? je lui demande à demi-mot parce que cette fois je ne veux pas être attrapée à bavarder en classe.

– Bien travailler ensemble, il me dit.

Je souris.

Mme Yoon poursuit sur le fait qu'elle notera à la fois le style de notre exposé, notre enthousiasme, mais aussi le ton de notre voix.

Le ton de ma voix évoquera la peur.

– Alors maintenant je vais vous donner les bonnes stratégies, continue-t-elle. Si vous ne pouvez pas écrire votre réfutation, vous pouvez essayer d'anticiper ce que votre opposant va dire. Mettez-vous dans la peau de votre opposant et pensez aux faits qu'il peut avancer. Trouvez alors de quoi réfuter ses arguments, afin qu'ils ne paraissent pas pertinents. De cette manière, vous aurez préparé votre discours, même sans l'écrire. Et assurez-vous de ne pas partager le fruit de vos recherches avec l'équipe opposée. Gardez cela secret, ajoute-t-elle.

Encore des secrets ? Ces jours-ci, je commence à en avoir beaucoup.

– Maintenant, décidez qui fera l'introduction et qui fera la réfutation. Allez-y, échangez à ce sujet avec votre co-débatteur, conclut Mme Yoon.

Je regarde Jacob :

– Je ferai l'introduction, vu que je ne suis pas très bonne pour l'improvisation.

– Pas de problème, je ferai la réfutation.

Il me regarde avec un demi-sourire, et puis me demande :

– Je peux avoir ton numéro ?

– Oh, bien sûr.

On échange nos numéros. Mon cœur bat très fort.

– On devrait aller à la bibliothèque ce week-end, pour avancer sur les cinq sources à trouver.

– Bonne idée, je réponds.

J'espère que ma voix n'a pas l'air trop guillerette.

Je me dis de me calmer. Il veut juste qu'on se rencontre pour notre projet d'histoire-géo, ce n'est pas comme un vrai rendez-vous ou un truc du genre.

Après les cours, alors qu'on se dirige vers la sortie pour aller prendre le bus avec Jana, je remarque qu'on passe devant un casier décoré avec des papiers bleus et des petites étoiles.

– Un casier d'anniversaire ! s'écrie Jana. Je me demande à qui il est.

C'est une des traditions du collège de Northborough : le jour de votre anniversaire quelqu'un décore votre casier. Je devrais plutôt dire que la tradition, c'est que les filles décorent le casier de leurs meilleures amies ou parfois de quelqu'un pour qui elles ont un coup de cœur.

Normalement, c'est mieux de venir à l'école très tôt pour le faire. Certains élèves tentent pendant les cours, quand il n'y a personne dans les couloirs, en prétendant aller aux toilettes. Mais il faut vérifier et faire attention qu'aucun professeur ou surveillant ne soit en vue.

On poursuit vers la sortie, quand Jana me dit :

– Hé ! Je viens juste d'avoir une super idée ! On pourrait décorer le casier de Jacob pour son anniversaire. C'est ce dimanche, tu te souviens ?

Comment j'ai pu oublier ? Ça veut dire que Jacob veut qu'on se voie pendant son week-end d'anniversaire. Je crois que je vais m'évanouir.

– Ça te dit ? me demande-t-elle en ajustant son sac à dos.

– Carrément ! j'acquiesce, en réalisant que j'ai peut-être dit ça avec un peu trop d'enthousiasme. On devrait faire ça lundi matin, très tôt, avant que tout le monde n'arrive, dis-je. C'est stressant de le faire pendant les récrés ou en prétendant aller aux toilettes.

– Je suis complètement d'accord. C'est parti pour lundi matin ! Allons au centre commercial samedi.

– Parfait, dis-je en pensant : du moment qu'on ne se donne pas rendez-vous pile quand Jacob voudra qu'on se retrouve à la bibliothèque.

– On pourra acheter des trucs pour décorer et aussi pour ma soirée pyjama, dit Jana.

– Ça va être un week-end consacré aux anniversaires !

– Exactement. Ça me fait plaisir !

– Ça me fait plaisir aussi ! dis-je.

– Ça me fait encooooore plus plaisir ! dit Jana encore plus fort.

– Ça me fait super plaisir, je réponds, et j'essaie de vraiment le penser.

Ce qui n'est pas bien difficile. Je suis avec ma meilleure amie. J'aime bien mieux être en cinquième qu'en sixième : en sixième je ne savais pas où étaient les toilettes ni comment aller jusqu'à la cantine. Le soleil, couleur miel, traverse une rangée de fenêtres. Le ciel est clair et bleu. Tout va bien !

Plus tard, à la maison et alors que je viens de rentrer de mon entraînement de foot, maman me demande de vider le lave-vaisselle puis d'y mettre la vaisselle sale. Ce qui est une des tâches les moins agréables que je connaisse. Car la vaisselle qui s'empile dans l'évier a de l'œuf brouillé collé dessus. Et Morty veut toujours manger les restes pendant que je fais ça. Mais soudain, j'y prends presque du plaisir, car Jacob m'envoie un texto : *Salut. Comment ça va ?*

Bien, et toi ? je réponds. Et je commence à rire en repensant à la conversation que j'ai eue avec Jana.

Jacob : *Je lave la voiture de mes parents et le chien en même temps. Mon chien Reilly adore le tuyau d'arrosage. Il gémit dès qu'il me voit le prendre.*

Moi : *Mon père est obsédé par les tuyaux d'arrosage. Il a acheté un appareil qui permet de les enrouler proprement.*

Lui : *Ce serait un super cadeau pour Reilly lol*

Moi : *Est-ce que vous fêtez l'anniversaire de votre chien ?*

Lui : *Oui !*

Moi : *Nous aussi ! Mon père lui achète toujours des gourmandises et des jouets à mâchouiller.*

Quinze minutes passent pendant lesquelles je mets la table pour le dîner et range le porte-manteau. Jacob ne m'a pas répondu. Je devine – ou plutôt, j'espère – qu'il s'apprête à dîner tout comme moi.

Quoi qu'il en soit, aujourd'hui j'ai l'impression que c'est le meilleur des meilleurs des jours.

– Maman, tu es la plus belle ! dis-je à ma mère qui remplit le broc d'eau.

Papa lève la tête de la vinaigrette qu'il est en train de préparer :

– On dirait que tu es de bonne humeur.

– Oui, je réponds. La salade a l'air super.

– Merci, dit-il en souriant. J'ai fait de la vinaigrette maison.

Maman apporte le broc d'eau sur la table. Elle fronce les sourcils en disant :

– On va manger sans Elvie.

– Laisse-moi deviner, elle a étude en groupe, dis-je en m'asseyant à ma place.

– Exactement. Ta sœur est très occupée ces jours-ci, dit mon père en s'installant en face de moi.

– Ne vous inquiétez pas, je claironne, je mangerai plus que ma part. On a eu un entraînement très difficile. Vraiment, merci à vous d'avoir fait un repas si appétissant.

Je respire l'odeur de la sauce des pâtes et du parmesan. Mmmm…

– Dingue, tu es vraiment de bonne humeur, remarque papa.

– Oui, je réponds, de très très bonne humeur.

CHAPITRE 10

DISCUSSION SHOPPING

Un halo de lumière scintille autour de mon téléphone, c'est la pleine lune qui brille par ma fenêtre. Je m'assois dans mon lit.

Je fixe la nouvelle série de textos échangés avec Jacob. On s'en est encore envoyé après le dîner et puis encore il y a quelques minutes. Bien sûr, je ne suis pas supposée avoir mon téléphone au lit. C'est la règle familiale : les téléphones doivent être éteints à partir de 21 heures. Mais ce soir, il y a une bonne raison pour faire une exception.

Lui : *Re-salut*

Moi : *Salut*

Lui : *Tu veux aller à la bibliothèque dimanche après-midi ?*

Moi : *OK*

Lui : *Cool*

Moi : 😉

Lui : *Bonne nuit*

Moi : *Bonne nuit*

Je me glisse sous la couette en soupirant joyeusement et je regarde les textos pour la quatre-vingt-dix-neuvième fois. J'aimerai tellement raconter ça à quelqu'un. Mais je ne peux pas. Juste, je ne peux pas.

Manifestement, essayer de ne *pas* aimer Jacob, ça ne marche pas. Mais aimer Jacob seulement dans ma tête, c'est bizarre. C'est comme si j'aimais une star de cinéma. La vérité, c'est que j'espère toujours que le coup de cœur de Jana va finir par passer.

Jana et Jacob. J & J. C'est trop parfait. On dirait une marque de fringues ou le nom d'un magasin de chaussures cool. Ça sonne comme s'ils étaient indissociables. *Oh arrête Maddie*, je me dis à moi-même. *Ta tête se met en mode cauchemar*.

Je bâille en fixant le plafond, où j'ai mis des étoiles qui brillent dans le noir. Sauf que ça fait si longtemps que les lumières sont éteintes qu'elles ne brillent plus du tout. Quand j'étais petite, genre en CE1, j'avais peur quand ça arrivait. À l'époque j'avais peur d'un tas de trucs. D'accord, j'ai encore peur. J'ai peur de ne pas réussir mes contrôles dans le temps imparti, de parler en public, et de dire à Jana ce que je ressens à propos de Jacob.

Mon téléphone bipe. C'est Jacob qui m'envoie une émoticône de bonne nuit. J'ai dû enlever le mode silencieux avec mon doigt sans m'en rendre compte.

Est-ce que mes parents ont entendu ? J'avale ma salive et retiens ma respiration mais...

Rien. Ils dorment. Papa ronfle et maman a probablement ses boules Quies. Je remets mon téléphone en mode vibreur.

Je jette un œil à mon écran lumineux et je me pelotonne tout près.

J'entends des bruits de pas dans le couloir. Maman déboule dans ma chambre encore dans le noir et dit d'une voix forte et aiguë :

– Maddie. Qu'est-ce que. Tu. Fais. Encore ?

Maman ne se met pas en colère très souvent, mais quand elle se met en colère, elle explose comme une cannette de Coca qu'on aurait secouée. Comme ce jour où elle a pété les plombs à propos d'Elvie. Je tire les couvertures sur ma tête en grognant :

– Maman, je dors.

– Je ne crois pas, je t'ai entendue.

– Je suis endormie, je dis en ramenant mes coussins autour de ma tête.

– Est-ce que tu réalises l'heure qu'il est ?

Je meretourne, j'ouvre un œil et je jette un regard à l'horloge. Il est 23 h 18.

– Vraiment, il n'est pas si tard que ça.

– Si bien sûr qu'il est tard. Tu étais au téléphone !

Les yeux de ma mère sont plissés, comme si elle ne voulait pas complètement les ouvrir. Et moi non plus je ne veux pas qu'elle les ouvre.

– Mais non ! je réponds.

Elle prend une grande inspiration :

– Ne me mens pas, Maddie. Les choses seront plus simples si tu me dis la vérité. Je suis fatiguée et j'aimerais aller me coucher.

CHAPITRE 11

LA PUNITION

– Tes parents ont *quoi*? demande Jana quand on se retrouve près de nos casiers le lendemain matin, cinq minutes avant que la cloche sonne.

– Ils m'ont pris mon téléphone, lui dis-je. Jusqu'à demain.

– Je suis vraiment désolée, elle répond.

Puis elle fait un signe à Torielle et Katie, qui arrivent jusqu'à nous en faisant des glissades dans le couloir:

– Maddie s'est fait confisquer son téléphone pour un jour!

– Dingue, j'adorerais que mes parents soient aussi intelligents que ça, dit Torielle. Juste un jour ? Mes parents me le confisquent pendant une semaine. Toi tu as de la chance, c'est raisonnable comme punition.

Malgré ce que je ressens, Torielle me fait rire.

– Ça craint vraiment quand même, dit Katie en enjambant la bouteille d'eau que quelqu'un a laissée tomber et dans laquelle tout le monde shoote.

Elle m'embrasse, et Jana et Torielle font de même. Torielle m'attrape la main :

– Maddie, tu peux emprunter mon téléphone pendant qu'on est à l'école.

– Le mien aussi, dit Katie.

– Et le mien, dit Jana en enfournant un chewing-gum à la cannelle dans sa bouche en même temps qu'elle fait signe à quelques filles qu'on connaît toutes.

L'odeur de la cannelle me fait tiquer. On marche en direction de nos cours respectifs, on passe devant une affiche qui propose des cours pour passer le brevet de secourisme. Bon, c'est peut-être quelque chose que je devrais faire : avec tout ce stress, je pourrais bien avoir besoin de me secourir moi-même.

Je ne veux pas emprunter leur téléphone, parce que je ne peux pas envoyer de textos à Jacob à partir de leur téléphone.

Mon estomac se noue quand je pense au déjeuner à venir : et si Jacob parle des textos qu'on s'est échangés ?

Et s'il essaie de m'envoyer des textos ce matin , il va penser que je le snobe.

Je cligne des yeux, ravalant les larmes qui me montent aux yeux alors qu'un groupe de garçons portant des T-shirts assortis passe devant moi.

Je réponds à mes amies :

– Merci de me proposer vos téléphones. Vraiment. Mais ça va aller. Et sinon, est-ce que mon visage est gonflé ? je leur demande discrètement.

– Non, répond Torielle en passant sa main sur mon épaule. Tu as l'air parfaite.

– Ne mens pas. Tu me laisserais poster une photo de ça sur Viteclic ? dis-je en montrant mon visage.

La cloche sonne, et un flot d'élèves arrivent vers nous.

– Peut-être un petit peu gonflé, admet Jana alors qu'elle entre dans sa salle de cours.

– Mais ça donne de la couleur à ton visage, dit Katie.

Et aussi stupide que cela puisse paraître, le fait qu'elles disent toutes des trucs sympas et me proposent leur téléphone améliore grandement mon début-de-journée pas-terrible.

Il y a juste deux jours, notre table n'était qu'une table de filles. Quatre copines discutant par exemple du karaoké qu'elles feraient lors de la prochaine soirée pyjama de Jana. Mais maintenant, on dirait qu'on est officiellement une table mixte.

Bon en fait certaines des grandes tables sont mixtes aussi mais c'est un peu par accident, quand un groupe de garçons se mélange à un groupe de filles faute de places disponibles ailleurs. Mais aux petites tables rondes, il n'y a rien d'accidentel. Et aux yeux des autres on a probablement l'air d'une table populaire – un groupe de garçons et de filles qui semblent toujours être en train de flirter et de rire à propos de quelque chose.

Et c'est ce qu'on fait. Tout en restant nous-mêmes.

Là, on échange tous les six à propos du prof le plus bizarre du collège Northborough, quand j'entends Jana chuchoter à Jacob : « Range ton téléphone », en montrant M. Gottfried d'un signe de tête. Le talkie-walkie du surveillant craque, comme d'habitude. Ses yeux balaient les tables à la recherche de collégiens qui jetteraient de la nourriture sur le sol ; ou qui seraient en train de jouer avec leur téléphone, précisément ce que fait Jacob.

Jana s'en saisit :

– Si tu ne le ranges pas, je vais le faire, dit-elle en le narguant.

Je n'aime pas du tout l'idée qu'elle ait le téléphone de Jacob entre les mains.

– M. Gottfried arrive, la presse Torielle. Il est à cinq tables et il passe le balai niveau téléphone.

– Mets le téléphone de Jacob dans ton sac, lui dit Katie.

M. Gottfried termine son balayage de notre côté de la cantine et se dirige à l'endroit opposé.

– OK, dit Jacob. Il est temps de me rendre mon téléphone.

– Je n'ai pas ton téléphone, rigole Jana, je ne sais pas de quoi tu parles.

Je commence à paniquer. Et si Jana regardait le téléphone et voyait nos textos ? D'un point de vue technique, le fait qu'on ait échangé nos numéros, ça va. Après tout, on est camarades de débat. Mais elle verra qu'on ne parle pas exactement que d'histoire-géo.

Je m'approche pour l'attraper mais Jana esquive.

– Oh tu veux *ce* téléphone-là, c'est ça ? dit-elle en l'agitant.

Elle regarde l'écran.

– Alors, voyons voir. Qui est-ce que tu as dans tes contacts ?

Oh non…

– L'écran est bloqué, dit Jana.

Ouf.

Jacob fait un demi-sourire :

– Rends-le moi.

– Donne-moi ton code, dit Jana.

– Oui, c'est ça, lui répond-il.

– C'est le nom de ton chien ? dit Jana. En fait je n'ai même pas besoin de le taper pour entrer dans ton téléphone.

– Comment tu fais ? demande Jacob, curieux.

– Le talent, réplique Jana. C'est cette nouvelle appli où tu n'as qu'à penser à ce que tu veux pour que ton téléphone le fasse pour toi.

– Vraiment ? demande Lukas.

– Oui, ça s'appelle un « lecteur d'esprit », ricane encore Jana.

– J'adorerais avoir ça, dit Torielle.

J'éclate de rire. Les garçons aussi, surtout parce que là mon rire ressemble au cri d'une oie. Jana, Torielle et Katie rient aussi.

En cours d'histoire-géo, Mme Yoon nous donne des formulaires pour le débat. Nous devrons les remplir et les lui rendre pour avoir une note. Puis elle nous laisse jusqu'à la fin du cours pour travailler avec notre camarade de débat. Il y a un formulaire pour l'introduction et un formulaire pour la réfutation et puis un formulaire pour chacun des débatteurs afin qu'ils y listent leurs cinq sources d'information.

– Ça fait beaucoup de formulaires, dis-je en les regardant.

Je commence à lire à voix haute la feuille concernant l'introduction :

– « L'introduction du débat doit avoir une accroche, vous pouvez prendre par exemple une statistique ou une citation, ce qui vous permettra de marquer le public. Il faut que vous définissiez clairement votre position au sein du débat et qu'ensuite vous fournissiez un minimum de trois arguments (soutenus par des faits ou par des statistiques) à l'appui de cette position. »

Je repose la feuille puis j'ajoute :

– En plus il y a la feuille pour la réfutation. Et puis les infos bibliographiques.

– Oh là là, dit Jacob.

Je secoue la tête :

– Je n'ai trouvé que deux sources d'info à la bibliothèque de l'école l'autre jour.

– Ne t'inquiète pas. On trouvera ce dont on a besoin dimanche.

– Ouais, dis-je sans pouvoir m'empêcher de sourire.

Comme si j'avais pu oublier qu'on avait prévu de se retrouver à la bibliothèque municipale dimanche après-midi !

– Au fait, il y a quelque chose que je voulais que tu saches, dis-je. Je me suis fait confisquer mon téléphone. Donc je ne pourrai pas répondre aux textos avant demain matin.

– Est-ce que tes parents sont très stricts ?

– Assez, dis-je en haussant les épaules, embarrassée.

– Les miens aussi, me répond-il avec son demi-sourire.

– Donc tu comprends ?

– Oh oui, dit Jacob.

Là je vois Jana qui arrive droit sur nous, à croire qu'elle est munie d'une sorte de radar. De l'autre côté de la pièce, Fiona est assise à son bureau et écrit quelque chose dans son carnet de notes avec fureur tout en me lançant des coups d'œil, comme si elle savait aussi qu'il se passait quelque chose.

Je sens mon visage rougir.

Jacob lève les yeux, regarde Jana et sourit en disant :

– Tiens, voici venir l'ennemi.

Jana lui sourit en retour et répond :

– Tiens, l'opposition !

Il lève un pouce en signe d'approbation :

– Ouais, c'est nous. L'opposition.

Il me lance un regard, comme si on était deux braqueurs de banques prêts à faire un casse.

– Qu'est-ce qu'il se passe ? je lui demande mine de rien.

– Je voudrais te parler d'un truc, me dit-elle.

– Maintenant ?

Elle acquiesce :

– Allons dans le fond de la classe, au taille-crayon.

Ensemble on se glisse jusqu'au taille-crayon électrique et j'ai le cœur qui commence à battre très fort :

– Qu'est-ce qu'il y a ? dis-je.

– Je pense que tu devrais faire la réfutation et t'opposer à moi, dit Jana.

– La réfutation ? Pas moyen. Je comptais faire l'introduction. La réfutation, il faut la faire à la dernière minute. Bien sûr, Mme Yoon dit qu'on peut anticiper des trucs... mais en fait, non. Juste non.

Jana soupire bruyamment.

– Tu veux vraiment te confronter à Fiona ? Elle fait partie du club des débatteurs, comme Jacob.

Elle pointe du menton en sa direction.

– Non, je ne veux pas passer face à Mme la Débateuse-en-Chef. En fait, je ne veux pas passer du tout. Tu le sais très bien.

– Et moi je ne veux pas passer face à Jacob.

Jana se penche vers moi :

– On peut s'opposer l'une à l'autre et tout se passera bien. On sait toutes les deux qu'on s'aime bien. Laisse Jacob s'opposer à Fiona, sa cousine. Ce sera mieux. De toute façon ils sont tous les deux du genre à aimer les débats.

– Bah, je ne sais pas, je lui réponds en regardant Jacob et en me demandant ce qu'il en pensera. Ça pourrait aussi me rendre nerveuse vu qu'on est amies.

– Et alors ? Dans tous les cas ça te rend nerveuse. Fais-le pour moi, s'il te plaît, me dit-elle en joignant ses mains, s'il te plaît, vraiment, s'il te plaît à la crème fouettée saupoudrée d'arcs-en-ciel avec une cerise par-dessus…

– OK d'accord, dis-je en soupirant. Je vais le faire. Comment je pourrais dire non à ma meilleure amie ?

Jana me prend dans ses bras :

– Tu es la meilleure, vraiment.

– Je t'en prie, dis-je en pensant *je ne suis pas la meilleure, je suis impatiente de retrouver Jacob à la bibliothèque, j'ai même une attirance pour lui.*

– Qu'est-ce que voulait Jana ? me demande Jacob quand je reviens à ma place.

Je lui explique qu'elle veut faire la réfutation.

– Ça me va, dit-il. En fait ça me fait assez plaisir de me confronter à Fiona. Je la connais bien donc je serai capable d'attaquer. Ce sera un peu comme le matin de Noël chez mamie !

Il met ses doigts en forme de griffes et fait un bruit de sifflement. Je ris.

– On va dévorer l'équipe du « pour ». Ils vont vraiment avoir des problèmes, poursuit-il.

Je n'arrive pas à lui dire que ça sera très probablement le contraire. C'est notre équipe qui va avoir des problèmes. Et tout ça à cause de moi.

CHAPITRE 12

INSTANT DE PANIQUE

C'est samedi matin, j'ai récupéré mon téléphone et je viens juste de recevoir un texto de Jacob ! J'ai le cœur qui bat de joie. Je regarde dehors, le temps est morne et il fait encore un peu sombre, mais je m'en fiche.

Je lui réponds rapidement en regardant la porte d'entrée. Je suis sur le canapé du salon et j'attends Jana. Elle doit arriver dans quelques minutes, on a prévu de faire de la bicyclette jusqu'au centre commercial. Morty est assis sur le canapé à côté de moi et je lui frotte le ventre.

Jacob m'envoie un texto à propos d'une chanson : *Après-midi citron gingembre* du groupe Ramon Project. *Faut absolument que tu l'écoutes. Tu vas en avoir le souffle coupé. Pour de vrai. C'est du heavy metal mélangé à du hip-hop. Mais il y a aussi un peu de classique dedans. Et des sons au hasard. Comme par exemple une tondeuse à gazon ou un bébé qui pleure.*

Je clique sur le lien qu'il m'a envoyé. La chanson ne ressemble à rien de ce que j'ai pu écouter avant (habituellement j'écoute de la pop). Juste au moment où ça part dans un truc vraiment démentiel guitare/cris/sons de heavy metal, ça se transforme soudain en quelque chose qui ressemble à un concerto pour violon, et puis après ça devient totalement hip-hop.

J'envoie un texto à Jacob : *C'est vraiment fou. Dans le bon sens du terme. On ne peut même pas vraiment dire ce que c'est.*

Lui : *Exactement. On ne peut pas simplement le classer dans une catégorie.*

Moi : *Comme les gens.*

Lui : *Ouais* ☺

Moi : *Même si là, je suis surtout une professionnelle du grattage de chien.*

Je lève les yeux. Jana peut arriver à tout moment.

Quand la porte d'entrée s'ouvrira, je planquerai mon téléphone sous un coussin et j'irai jusqu'à la cuisine, comme ça Jana ne pourra pas savoir que j'ai envoyé des textos à Jacob. Mon ventre se noue. Je devrais arrêter de lui envoyer des textos mais je n'en ai pas envie.

Encore un bip. Je regarde mon téléphone. Jacob m'a envoyé : *Est-ce que demain à 13 heures à la bibliothèque ça te convient ?*

Parfait, je réponds.

Lui : *C'est aussi mon anniversaire demain.*

Je ne peux pas lui répondre « ça je le savais » parce que ça ferait vraiment la fille qui s'est renseignée. Mais j'adore le fait qu'il veuille me voir le jour de son anniversaire ! Au lieu de ça j'écris : *Aller à la bibliothèque, c'est ton cadeau d'anniversaire ? ah ah.*

Lui : *Mes grands-parents m'ont emmené dîner hier soir. Et j'ai des amis qui viennent passer la soirée ce soir. Donc je vais faire des trucs d'anniversaire tout au long du week-end.*

Moi : *Une semaine d'anniversaire ?*

Lui : *Un mois d'anniversaire !*

Je souris et lui envoie l'émoticône gâteau d'anniversaire.

Comme Jana va arriver d'une seconde à l'autre, je mets mon téléphone en mode vibreur.

J'entends des pas dans l'entrée. Morty commence à aboyer. Jana est là !

Je jette le téléphone en dessous des coussins du canapé et me lève d'un bond pour aller jusqu'à la cuisine, loin de mon téléphone.

Mais je n'arrive pas jusqu'à la cuisine. Je suis à quelques pas de mon canapé et je me transforme en glaçon quand Jana arrive au pas de charge dans le salon les joues très rouges. Elle a l'air en colère. J'avale ma salive. Morty aboie.

– Donc tu sais ? lui dis-je.

Ouais, là c'est vraiment trop tard pour les secrets.

– Oui, et je n'arrive pas à le croire ! dit Jana, ses mains sur ses hanches. Fiona me l'a dit.

Fiona, la cousine. Bien sûr, Jacob lui a dit qu'on allait se voir à la bibliothèque.

– Je suis désolée. Jana, je suis vraiment désolée, vraiment.

– Qu'est-ce que tu veux dire ? Ce n'est pas ta faute, dit-elle.

– Je sais que ce n'est pas ma faute. Ça s'est juste passé comme ça, je réponds alors que mon cœur bat la chamade. C'est juste une histoire de goût, je suppose.

– De goût ? De quoi tu parles ?

Jana fronce ses sourcils, en pleine confusion.

– De quoi *tu* parles ? je lui demande, la gorge serrée.

Elle tire une feuille de papier de son sac à main :

– L'événement Maison hantée de l'association des parents d'élèves. On n'est pas sur le même créneau horaire. Du tout. Même si je nous ai inscrites pour qu'on soit bénévoles ensemble ! Je serai avec Fiona à la place. Je ne sais pas comment ça se fait.

– Ah, ça. Ouais. C'est pas grave, c'est juste pour une journée.

Je suis envahie par une vague de soulagement.

Jana plisse les yeux.

– Attends une minute. De quoi *tu* parlais toi ? Tu ne parlais pas de créneaux horaires. Tu as dit « ça s'est juste passé comme ça » et un truc à propos des goûts.

– Oh, je… je parlais du fait que personne ne peut comprendre comment quelqu'un comme Fiona peut avoir comme cousin quelqu'un ayant aussi bon goût que Jacob.

Jana me regarde bizarrement.

– OK, si tu veux, me répond-elle en se passant la main sur le front comme s'il faisait très chaud dans la pièce. Tu as un air si sérieux.

– C'est le débat. J'y pense beaucoup.

Marty commence à aboyer après un écureuil dehors, jusqu'à ce que je le fasse taire.

Heu... On voit mon téléphone dépasser d'un des coussins du canapé.

Je l'atteins du bout des doigts pour le pousser plus loin. Je prie pour que le coussin ne tombe pas à la renverse, ce qui dévoilerait mon téléphone, avec probablement un texto de Jacob sur l'écran.

Le coussin reste en place. La justice règne dans cet univers.

– Tu es prête à aller faire du shopping ? me demande Jana. Après on pourra se préparer ensemble pour notre match de foot.

– Oui, je dis, tout à fait.

CHAPITRE 13

BOUTIQUES JUSQU'AU HIC

Au centre commercial, Jana et moi sommes devant un stand de parfums. Jana vaporise le parfum d'une bouteille-testeur et l'air sent le citron et la pastèque. Le centre commercial est bondé.

– On va asperger le casier de Jacob de parfum ? je lui demande.

– Bah, c'est une odeur très masculine, glousse Jana.

– S'il te plaît, non. Beurk ! dis-je en me bouchant le nez.

Elle attrape quelque chose qui s'appelle « Eau de pastèque » et je ris :

– Ben si Jacob adore la pastèque, celui-là sera parfait !

La vendeuse nous remarque et son sourire se crispe. Elle met sa main dans la poche de son tablier :

– Puis-je vous aider mesdemoiselles ? demande-t-elle d'une voix polie mais froide.

– Heu, mon amie cherche quelque chose pour son… ami… qui est un garçon, dis-je.

Jana me donne un coup de coude et rougit.

Du coin de l'œil, je vois un type adossé au comptoir de la parfumerie. Il ressemble à Jacob. Les mêmes cheveux auburn. J'ai le ventre qui se noue. Oh non. Le type se retourne et… il a plein de boutons sur le visage et une étrange moustache.

Donc ce n'est pas Jacob. Ouf.

– Bon, dit la vendeuse, n'hésitez pas si vous avez la moindre question.

Elle se dirige vers une femme qui a la quarantaine et porte un imperméable semblable aux trench-coats des romans d'espionnage.

Jana essaie l'intégralité des bouteilles du comptoir. Bientôt, toutes les odeurs vaporisées n'en forment plus qu'une seule.

– On devrait y aller, dis-je. On n'a pas beaucoup de temps pour se préparer avant le foot.

– Il y a encore des parfums à essayer ! dit Jana. Mais d'accord, allons-y.

Elle attrape quelques échantillons gratuits qu'elle fourre dans mon sac à dos.

On traverse des groupes de gens chargés de sacs de shopping et on va vers la boutique de loisirs créatifs. Je mets mes écouteurs et j'écoute *Après-midi citron gingembre* et ça me fait sourire.

Pendant ce temps, Jana liste des trucs en comptant sur ses doigts :

– Tu n'écoutes pas.

– Désolée, je réponds. Cette chanson est tellement incroyable.

Je passe mes écouteurs à Jana, elle écoute, puis fait une moue de dégoût. Elle les retire d'un coup sec et me les rend :

– Depuis quand tu écoutes du heavy metal ?

Je vois qu'elle est choquée. Jana est une fille qui n'écoute que de la pop.

– Ce n'est pas du heavy metal, je proteste.

– Eh ben, non merci, répond Jana en secouant la tête.

– C'est aussi un peu classique et il y a du hip-hop et…

– Je te crois. Où est-ce que tu as trouvé cette chanson ?

Mon rythme cardiaque s'accélère.

– Heu, je… Je suis tombée dessus via Spotify.

Jana hausse les épaules.

– Peu importe. Quoi qu'il en soit, il vaudrait mieux qu'on avance sur notre shopping, faut qu'on achète l'essentiel. Voilà ce dont on a besoin pour décorer le casier de Jacob pour son anniversaire : du papier cadeau, des rubans, des ballons, des bonbons, des Post-it, et une banderole « Joyeux anniversaire ».

– Ça me semble super, dis-je alors qu'on fait ce qu'on peut pour contourner dans la cohue une nouvelle voiture électrique posée au milieu du hall central.

Ça fait partie des tombolas que certains centres commerciaux organisent et il y a en effet une petite file d'attente pour acheter des tickets.

Quand on arrive au magasin de loisirs créatifs, on va tout droit au rayon des papiers cadeaux. Jana prend du papier rouge mais je suggère qu'on prenne du bleu vu que Jacob porte tout le temps des T-shirts bleus. C'est sans doute sa couleur préférée. Ça va aussi avec ses yeux – mais ça je ne le dis pas tout haut.

Puis Jana attrape une banderole « Joyeux anniversaire », mais je fais non de la tête :

– Avec des lettres en mousse ça aura plus d'allure, dis-je. Et comme ça, on pourra aussi écrire son nom.

Du coup, je prends quelques paquets de lettres en mousse colorées avec des ballons de foot :

– Jacob adorera celles-là, dis-je.

– Super idée, dit Jana en passant son bras par-dessous le mien.

Ensuite, on va vers le magasin de bonbons pour acheter des sucreries qu'on collera sur la porte de son casier – des mini Snickers. Sur notre chemin, on passe devant une bijouterie et Jana ralentit. Elle regarde un collier qui est fait avec des perles qui ressemblent à des petits ballons de foot. Je le note dans ma tête et je me promets de revenir pour y regarder de plus près. Je me dis que ce serait le cadeau d'anniversaire parfait pour Jana.

Après les bonbons, on va au magasin de produits de beauté pas chers pour prendre du vernis à ongles, du coton et du dissolvant pour la soirée pyjama de Jana.

– On devrait jouer à la bouteille, je lance alors qu'on va au rayon des vernis.

Jana écarquille les yeux de surprise :

– Tu plaisantes ? Ma mère me tuerait.

– Ce n'est pas ce que tu penses. Je te parle d'un jeu que j'ai vu sur internet : c'est un jeu de vernis à ongles. Il y a une roue de la fortune, qu'on tourne, quand on tombe sur une couleur, on doit se vernir un ongle de cette couleur. Le jeu s'arrête quand les ongles de tout le monde sont peints.

– Oh j'adore ! Faisons ça, dit Jana. Mais où est-ce qu'on trouve la roue ?

– On pourrait prendre la roue fléchée de mon vieux jeu de chasse à la cerise ! J'en recouvrirai les motifs.

Jana me prend dans ses bras :

– Oh tu as tellement de talent artistique ! Merci, merci, merci ! On va bien s'amuser.

On passe le quart d'heure suivant à débattre des couleurs et puis on paie pour tout ce qu'on a pris et on décide d'aller à l'étage restauration. Quand Jana me dit qu'elle doit aller aux toilettes, je lui propose qu'on se retrouve en face de notre marchand de glaces préféré. Je lui dis que je viens juste de réaliser que j'ai oublié de prendre un rouleau de Scotch pour ma mère.

Ça c'est vraiment un mensonge. En vrai, je cours jusqu'à la bijouterie et j'achète le collier avec les perles en ballons de foot parce que ça, c'est le cadeau idéal pour Jana. C'est un peu cher mais ma grand-mère qui habite en Virginie m'a donné plein d'argent pour mon anniversaire cet été (mon anniversaire c'est le 22 juillet) et je n'en ai pas dépensé beaucoup. Je remarque cet adorable cadenas en forme de cœur, en solde, et je l'achète aussi. Et puis je me dépêche pour aller retrouver Jana en face du marchand de glaces.

Je traverse rapidement l'entrée sud du centre commercial et passe devant un groupe de gars qui mangent des bretzels-briochés. Et puis je réalise que ce n'est pas juste un groupe de gars. C'est Jacob avec un groupe d'amis. Certains que je reconnais. D'autres pas.

Est-ce qu'ils me voient ? Je n'espère pas !

Je sens mes oreilles rougir à mesure que je me ratatine dans mon sweat à capuche.

J'entends Jacob dire :

– Hé mais c'est pas Maddie ?

– Oui, c'est elle, crie Lukas.

– Salut, dis-je en m'arrêtant.

Je n'ai pas vraiment le choix.

– Hé Maddie, dit Jacob, tu veux un bretzel ? On en a plein, ajoute-t-il en me tendant le sachet.

Ils sentent bon mais je n'ai vraiment pas le temps. Je regarde de tous les côtés pour voir si je vois Jana :

– Heu, ça va merci.

– Vous avez un match de foot cet après-midi? me demande-t-il alors que ses amis baissent tous ensemble la tête sur leur téléphone.

– Ouaip, je dis.

– Moi aussi.

Jacob regarde ses amis. Ils n'arrêtent pas de nous jeter des coups d'œil. Je ne sais pas trop s'ils attendent qu'il se passe quelque chose.

– Peut-être que je te verrai, je dis timidement.

– Ouais, ça serait cool.

– Bon, faut que je retrouve ma copine. Donc je ferais mieux d'y aller, lui dis-je en lui faisant un petit salut de la main.

– D'accord. Salut, à plus tard, crie Jacob.

Alors que je m'éloigne, ses amis commencent à lui donner des coups de coude d'un air entendu.

Je sens que je rougis. Évidemment, ils savent qu'on se retrouve à la bibliothèque demain après-midi, pile le jour de son anniversaire.

Une minute plus tard, Jana surgit, elle est juste en face de moi et me demande :

– Ce n'était pas Jacob ? J'ai cru te voir lui parler.

– Heu, ouais.

Oups.

– Pourquoi tu ne m'as pas envoyé un texto pour me dire de te rejoindre ?

Elle me fusille du regard.

– Je n'ai pas eu le temps. De toute façon, regarde les sacs que tu portes ! lui dis-je en pointant les sacs transparents en provenance du magasin de loisirs créatifs. Y'a plein de décorations pour le casier de Jacob. Ça aurait gâché la surprise.

– Tu as raison, dit Jana en soupirant. Qu'est-ce que je ferais sans toi ?

Je souris mais j'ai le cœur lourd parce que j'ai encore été obligée de lui mentir. Mes doigts s'accrochent fermement au sac dans lequel il y a le cadeau de Jana. Ma petite voix intérieure me dit : *j'ai fait ce que je devais faire.*

CHAPITRE 14

LA PARTIE COMMENCE

Quelques heures plus tard, j'essaie de m'insérer dans la grosse mêlée de groupe. Notre équipe de foot vient juste de remporter un match contre une équipe vraiment forte de Worcester. Une averse a nettoyé le ciel gris de ce matin, qui est désormais bleu pur, c'est un parfait samedi de septembre.

– En avant les Chitah !

On crie toutes, nos bras passés les uns par-dessus les autres.

Notre coach Willmert tape dans ses mains :

– OK les Chitah ! C'était un match difficile et vous avez bien joué. Continuez comme ça. Souvenez-vous de bien vous hydrater et de vous reposer ce week-end. On se voit à l'entraînement mardi. Oh, et je vous enverrai un message à propos du tournois prévu en octobre.

Elle attrape le bloc-notes où elle inscrit toutes les stats nous concernant, et poursuit :

– Rappelez-vous juste de bien continuer à communiquer entre vous sur le terrain. On a eu quelques occasions manquées. On a gagné et j'en suis fière mais je pense qu'il y a des moments où vous n'étiez pas connectées. Continuez à parler. C'est vital.

On se sépare et tout le monde se dirige de l'autre côté des lignes, où les parents sont en train de replier leurs chaises de camping. On entend une tondeuse gronder au loin.

Jana se passe le dos de la main sur le front :

– Je suis morte, dit-elle en attrapant une bouteille d'eau.

Elle boit ce qu'il en reste, c'est-à-dire presque rien.

– Ça ne m'étonne pas, dis-je. Tu as été incroyable.

Tout le monde est occupé à remballer ses affaires de foot. Les filles de notre équipe passent devant nous et topent la main de Jana.

– Cinq buts ! crie Brianna Walton en joggant en arrière, tu es incroyable.

– C'est vrai, dis-je en m'extasiant.

– Merci, dit Jana avec un sourire qui éclaire son visage.

– Elles ont tenté de t'abattre mais elles n'ont pas pu, j'ajoute alors qu'on se dirige vers les parents de Jana, qui rangent un auvent destiné à protéger les spectateurs du soleil. Mme Patel est la manager de l'équipe.

– C'était un super match, dit Jana, enfournant sa bouteille d'eau dans son sac de sport. Toi aussi tu as été bonne Maddie.

– Merci.

Mais je sais que ce n'est pas tout à fait vrai. J'ai seulement joué pendant les six dernières minutes de la seconde mi-temps, quand il était clair qu'on menait largement.

– Du moins je n'ai pas commis de faute, j'ajoute.

– Non, tu as tenu bon, me dit Jana en arrêtant un ballon lancé par quelqu'un qui s'entraîne sur le terrain, juste avant qu'il atteigne un grand-père repliant sa chaise.

Tenir bon. Ça n'est pas très impressionnant. *Oh félicitations ! Tu n'as pas été mauvaise. Tu as été médiocre mais tu n'as pas tout fait foirer !* Mais je sais que Jana me veut du bien. Elle est toujours en train de m'encourager.

Mes parents ne sont pas venus au match parce que le groupe de musique de chambre d'Elvie donnait un concert. Maman et papa ne ratent jamais un concert. Quoi qu'il en soit, il y a une tonne de matchs de foot pendant la saison. Ils auront l'embarras du choix. Et puis, de toute façon, je ne suis sur le terrain que pendant quelques minutes.

Donc cet après-midi, M. et Mme Patel me reconduiront à la maison.

– C'était un super match, les filles, dit M. Patel en remontant la fermeture Éclair de son coupe-vent. Vous n'avez pas plié.

Il joint ses mains dans un grand clap :

– Vous êtes prêtes pour rentrer ?

Le regard de Jana part au loin, de l'autre côté du terrain. Soudain, elle se fige, bouche bée :

– Papa, je ne suis pas tout à fait prête à partir.

Il regarde tout autour. Mme Patel est absorbée par sa conversation avec une autre mère de footeuse. Gus, le chien des Patel, est assis à côté d'elle :

– Vous êtes deux, apparemment. Ta mère n'a même pas encore remarqué qu'une autre équipe était rentrée sur le terrain.

Il jette un œil à son téléphone :

– Il te faut combien de temps encore ?

Jana hausse les épaules :

– Vingt minutes.

– Vingt minutes ? Tu vas te faire une nouvelle coiffure, ou tu vas te mettre du vernis à ongles ?

– Papa, ta remarque est tellement sexiste, dit Jana en replaçant son sac à dos. Vraiment !

Ses yeux fixent le terrain adjacent.

– Un ami est en train de jouer et j'aimerais aller l'encourager, conclut-elle.

Je regarde Jana, troublée.

– Qui ? dis-je.

Elle me donne un coup de coude. Peut-être qu'elle a un nouveau coup de cœur. Je commence à espérer.

– Oui, qui ça ? Et « un » ami ? Un garçon ? demande M. Patel l'air à la fois amusé et déconcerté.

– Un ami papa. Je suis sûre que tu as des trucs à regarder sur ton portable, non ?

M. Patel travaille pour une société d'ingénieurs. Jana ne sait pas vraiment bien ce qu'il fait comme métier mais elle dit qu'il y a plein d'immeubles dans le centre-ville de Boston qui surmonteraient toutes tempêtes grâce à lui.

– Parfait dit M. Patel. Quinze minutes. Je suis sûr que ta mère ne le remarquera pas.

Puis, prenant une respiration, il me demande en jetant un œil vers le terrain de foot :

– Alors Maddie, ce garçon, c'est aussi un de tes amis ?

Je fixe le terrain et je me demande de qui Jana peut bien parler. Et puis mes yeux s'arrêtent sur le gardien de but.

Jacob.

– Oui, je dis. Je le connais. C'est un ami.

Je souligne le mot « ami ».

– D'accord, un ami de vous deux, j'ai compris, nous répond M. Patel en dépliant sa chaise pour s'y rasseoir. Bon, alors allez-y. Encouragez-le. Mais prenez des barres énergétiques avec vous. Vous avez besoin de protéines. Elles sont au chocolat, ajoute-t-il en les sortant de la glacière.

– Merci M. Patel, dis-je.

Jana lève son pouce en signe d'approbation et se rue jusqu'aux bancs de touche du terrain d'à côté. À peine arrivée, elle commence tout de suite à crier et à hurler pour l'équipe des Rattlers, l'équipe de Jacob.

Ce n'est pas qu'ils aient besoin d'aide. Ils dominent totalement le match.

Les joueurs de l'autre équipe, les Lightning Bolts, portent des maillots orange et donnent l'impression de s'épuiser à chaque fois qu'ils attaquent la très solide défense des Rattlers. Ils prennent du terrain avec furie mais ils ne parviennent pas à mettre un but. Jana et moi on déballe nos barres énergétiques.

– C'est quoi le score ? demande Jana à un père assis dans une chaise à côté d'un petit garçon qui joue avec un camion.

– Les Rattlers mènent 2-0, dit le père d'un ton déçu, ce qui nous indique qu'il est le père d'un des Lightning Bolts.

Soudain, un des milieux de terrain de l'équipe des Lightning Bolts parvient à briser la défense des Rattlers et amène la balle pas loin du but. L'avant shoote et la balle vole très haut jusqu'au coin gauche du filet.

Jacob fait un plongeon salvateur.

Les supporters des Lightning Bolts grognent.

– Leur goal est très doué, dit une femme portant un pull écossais.

Elle parle de Jacob ! Jana et moi acquiesçons. C'est ridicule, je sais. Néanmoins, j'ai envie de crier : *C'est mon partenaire de débat et on s'est échangé des textos et je vais le voir demain à la bibliothèque le jour de son anniversaire !* Mais je ne le fais pas. Je mords dans ma barre énergétique. Elle est vraiment bonne – au chocolat avec une texture de guimauve.

Jana me donne un coup de coude :

– Tu vois, je t'avais dit que Jacob est un mur.

– Ouais, je m'essuie la bouche avec le dos de la main.

Jana et moi on l'encourage comme des folles :

– Vas-y Jacob !

De ses buts, Jacob nous fait un signe de tête.

Le duo de supportrices que nous sommes attire également l'œil d'une jolie femme aux yeux bleus très clairs et aux cheveux courts roux foncé. Elle est assise sur une chaise à quelques mètres de là. Je la reconnais du café Friendly Bean : c'est Mme Matthews, la mère de Jacob ! Elle me sourit et me fait un petit signe.

Oh non. Elle marche jusqu'à nous.

– Bonjour les filles ! Je suis la maman de Jacob. C'est tellement sympa de vous voir là, dit-elle, soudain à côté de nous.

– On connaît Jacob de l'école, lui dis-je pour souligner l'aspect scolaire.

– Donc on est son fan-club, explique Jana.

– C'est super, dit Mme Matthews dans un sourire.

Elle montre d'un signe de tête nos maillots et nos crampons et ajoute :

– Je vois que vous aussi vous faites du foot. Vous venez de terminer votre match ?

– Oui, dit Jana. On joue pour les Chitah. Les filles de moins de treize ans.

– On a gagné, surtout grâce à elle, j'explique en mettant ma main sur le bras de Jana. Donc on fait une pause et on s'accorde une petite récompense, j'ajoute en montrant la barre énergétique.

Mme Matthews me regarde avec attention. Elle affiche un sourire en coin :

– Après ça, les filles, vous devriez vous accorder une récompense spéciale au Friendly Bean. C'est juste à côté. Assurez-vous de ne rien renverser sur qui que ce soit.

– Heu... d'accord, dit Jana en levant les sourcils, toute confuse. On fera attention.

– Oh mince, dis-je en tirant sur le bras de Jana avant que Mme Matthews ne dise quelque chose qui me causerait vraiment des problèmes. On doit y aller, j'explique en pointant le doigt vers l'autre côté du terrain. Son père a dit qu'on devait rentrer.

– Mais… proteste Jana.

– Ravie de vous avoir rencontrée, madame Matthews.

– À plus tard les filles. Passez quand vous voulez pour encourager les Rattlers !

Jana me jette un regard :

– Qu'est-ce que c'était que ça ? Je suis folle ou bien c'était complètement bizarre ? me demande-t-elle en mettant sa main devant sa bouche pour étouffer un rire.

– C'était bizarre, j'admets.

Bizarre, oui je le pense, mais pas pour la même raison que Jana.

– Je veux dire, bien sûr, qui ne voudrait pas boire un coup au Friendly Bean ? Mais pourquoi est-ce qu'on renverserait quelque chose sur quelqu'un ?

Jana étudie mon visage et ajoute :

– En fait, quand j'y pense, Maddie, tu as un peu de chocolat sur le menton.

Et elle l'enlève avec son pouce.

Je la remercie, et on se dirige vers M. et Mme Patel.

– Mais pourquoi est-ce que tu voulais absolument partir ?

– Bah, dis-je en haussant les épaules, je ne voulais pas qu'on entende encore plus de choses bizarres.

– La mère de Jacob pourrait être une extra-terrestre avec la peau verte en provenance de la planète Zebok, je m'en ficherais, dit Jana.

– Ça voudrait dire que Jacob aussi est un extra-terrestre, dis-je.

– Mais un extra-terrestre mignon.

Je me dis que c'est *vrai*.

– Mais quand même. Pourquoi t'étais si pressée ? me demande Jana.

– J'essaie d'être ponctuelle. Ton père avait dit quinze minutes. Je veux juste respecter ses consignes, je réponds en protestant.

Jana fait des signes de tête exaspérés :

– Je ne sais pas Maddie. Je me dis que peut-être tu as peur des garçons ou quelque chose comme ça. Il va falloir qu'on travaille là-dessus, qu'on te trouve un coup de cœur à toi.

– Ça serait une bonne idée, dis-je.

Et je soupire en moi-même.

CHAPITRE 15

UN GARÇON ET DES LIVRES

Je traîne M. Souris, mon animal en peluche qui était plus rose qu'un des gloss de Torielle mais qui a maintenant la couleur d'un vieux chewing-gum, et je regarde par la fenêtre. Ce matin les nuages sont bas et lourds et l'air est frais. Mais je suis si impatiente. Cet après-midi, je retrouve Jacob à la bibliothèque ! Pas moyen de faire une grasse matinée.

Il n'est que 7 heures du matin et je suis censée retrouver Jacob à 13 heures, donc ça veut dire qu'il faut que j'attende pendant encore six heures entières. Je ne sais pas bien quoi faire de moi. Bon, en fait, j'ai quelques idées. J'écoute *Après-midi citron gingembre* plusieurs fois. Je passe à peu près une heure à faire une carte d'anniversaire pour Jacob. Sur le devant, je dessine un bouquet de ballons de foot. À l'intérieur, j'écris : « Joyeux anniversaire Jacob ! De la part de Maddie. » Et puis je change de tenue à peu près cinq fois. Ce n'est pas quelque chose que je fais habituellement. C'est plus un truc que feraient Torielle ou Jana.

J'essaie une robe en laine avec des galaxies dessus mais je trouve que ça fait trop geek. J'enfile un combi-short mais… juste, ça ne le fait pas. Et puis je passe un T-shirt de foot avec un jogging et là je réalise qu'avec ça j'ai vraiment l'air de sortir tout droit du terrain de foot. Finalement, je me décide pour un chemisier en coton jaune pâle à manches longues, un jean et des tennis blanches.

Une fois cette question réglée, ma mère se charge de me trouver des choses à faire. Je dois m'occuper du linge. Puis il faut que je range le salon et la cuisine tandis qu'Elvie passe l'aspirateur. Pendant ce temps, Morty me suit en reniflant car il espère qu'il aura une gourmandise à manger. Ma sœur arrive à nettoyer sans même claironner qu'elle a un devoir à faire pour sa classe prépa. Je suis assez surprise.

On prend le temps de se parler un instant, et je lui demande comment ça se passe avec la contrebasse électrique.

– Ça se passe bien, me répond-elle avec une voix dans laquelle je sens beaucoup d'excitation. Comme je joue déjà de la contrebasse classique, il y a beaucoup de choses que je sais déjà. J'avance vite.

– Mais tu n'as même pas d'instrument.

– Ça ne veut pas dire que je ne peux pas travailler les doigtés. Une bonne technique c'est important. Ça minimise la fatigue et les blessures.

– Tu as peur de ne pas y arriver le jour où tu auras une vraie contrebasse électrique ?

– Tu veux dire : est-ce que j'ai peur d'avoir honte ? dit-elle en haussant les épaules. Oui. Je vais probablement tâtonner. Mais ce n'est pas les erreurs qui sont importantes. C'est ce que tu apprends d'elles.

– Wahou, dis-je. On dirait une phrase tirée d'un des livres psy de maman.

– Comment peux-tu savoir ? Tu les as lus ? me demande-t-elle en me donnant un coup de coude.

Je sens mon visage rougir :

– Peut-être.

– Moi aussi, confie-t-elle. Parfois, quand je suis bloquée, j'ouvre au hasard un des livres de maman et je regarde s'il y a un bon conseil dont je peux m'inspirer. Et devine quoi ? Des fois ça aide.

Cette image d'Elvie feuilletant un livre de maman, comme moi j'ai pu le faire, me reviendra plus tard et me fera sourire : moi qui croyais qu'elle savait tout, qu'elle n'avait pas besoin d'aide.

Le reste de la matinée se passe lentement, mais bientôt il est l'heure du déjeuner, et puis, à 12 h 45, me voilà sur mon vélo en route pour la bibliothèque.

Je suis en train d'attacher mon vélo quand je vois Jacob de l'autre côté du parking. Il est à pied et me fait signe.

– Salut, dis-je alors qu'il arrive près de moi.

Aujourd'hui il porte un T-shirt à manches longues avec des rayures grises et bleues, un jean et des chaussures grises. Comme moi, il a un sac à dos. Je suis contente d'oublier parfois combien il est mignon. Sinon, je ne pourrais probablement pas lui parler.

Je verrouille mon cadenas, et :

– Oh, et joyeux anniversaire ! lui dis-je en sortant de mon sac la carte que je lui ai faite. Tiens, c'est pour toi.

– Merci ! Tu es une vraie artiste, dit-il en regardant l'intérieur de la carte où j'ai dessiné un pied shootant dans un ballon de foot en gros plan.

Je rougis.

On monte côte à côte les escaliers de la bibliothèque et nos mains se frôlent de tellement près qu'elles se touchent presque.

Jacob s'arrête pour tenir la porte à une femme qui arrive avec un caddie.

– Merci beaucoup, dit-elle en souriant à Jacob.

On passe devant le bureau des enregistrements, où une file de personnes attendent pour emprunter des livres.

– Donc on va où ? je demande.

– On n'a qu'à aller là où il y a plein de livres.

– Ha ha !

Un petit garçon passe à côté de nous en courant tandis que son père, les bras chargés de livres d'images, essaie de le rattrapper.

– On pourrait s'asseoir à côté de la section des périodiques, dit Jacob en montrant le centre de la bibliothèque d'un signe de tête. Il y a plein de tables là-bas.

On trouve une table libre à côté des rayons de journaux. Derrière les journaux, des livres de référence s'empilent sur les étagères.

– Je pense qu'on est au bon endroit, dis-je en désignant le bureau de renseignement qui est tout à côté.

Deux bibliothécaires sont à leur bureau et répondent aux demandes des usagers.

– Bon, je me dis qu'il faut que je te chante un « Joyeux anniversaire » ou un truc du genre. Mais en fait, vaut mieux pas : je suis incapable de chanter juste, dis-je en riant.

Jacob rit aussi :

– J'ai fêté mon anniversaire hier. Tu as vu mes amis au centre commercial, juste avant le foot, ils ont passé la nuit à la maison.

– Ah oui, je dis d'un ton décontracté, comme si je m'en souvenais à peine.

Je sors mon classeur de mon sac à dos :

– Désolée, je ne pouvais pas te parler hier au centre commercial. J'avais rendez-vous avec une amie.

– Pas de souci, je comprends.

Puis après une pause il ajoute :

– Merci d'être venue me voir pendant mon match.

– Oh, c'était avec plaisir, dis-je d'une voix que j'espère légère. C'était juste après notre match… Bon, et si on commençait à vraiment travailler ?

– OK.

Et on rit tous les deux.

Pendant les quelques heures qui suivent, on remplit nos formulaires d'introduction et de réfutation. Et on trouve plein de sources. Dans l'argumentaire d'introduction, on essaie d'utiliser un langage persuasif, et pour la partie réfutation, on anticipe les arguments de Jana et Fiona, afin de les contrer avec de bons arguments.

Je jette un œil à mon téléphone et je réalise qu'il faut que je sois rentrée dans quarante minutes. Comment le temps peut-il s'évaporer de cette manière ?

Je pointe le formulaire avec mon crayon.

– Regarde cette phrase dans la partie réfutation. Mme Yoon veut qu'on se serve de mots de transition. J'ai utilisé « cependant » à la place de « mais ». Ça devrait lui plaire, non ?

– Je ne peux pas lire à l'envers, dit Jacob. Ce serait mieux si je m'asseyais à côté de toi.

Je ne m'y oppose pas. Jacob traîne sa chaise jusqu'à moi. Et puis, tous les deux, l'un à côté de l'autre, on finit de remplir le formulaire de réfutation.

Je pensais qu'être assise face à Jacob, c'était quelque chose.

Être assise à côté de lui, c'est encore mieux.

Je suis atteinte d'une sorte de trouble de la concentration. Mais c'est assez agréable.

CHAPITRE 16

OPÉRATION DÉCORATION

On est lundi matin et Jana scotche du papier cadeau sur le casier de Jacob.

– Il y manque un ruban, dis-je. Avec un ruban le casier pourrait avoir l'air d'un cadeau géant.

– Tu crois que je vais savoir coller un ruban droit ? demande Jana.

– Je vais le faire, je réponds avec enthousiasme.

Les couloirs sont encore silencieux vu qu'il est très tôt, mais de temps en temps un prof passe et ralentit pour regarder en souriant notre travail évoluer.

J'utilise une règle afin que le ruban soit droit, je le colle et puis je mets un gigantesque nœud là où les lignes du ruban se croisent.

– Ça fait vraiment top, dit Jana. Je suis contente de t'avoir comme arme secrète.

– J'en suis ravie.

Après, je colle les lettres qui forment le message « Joyeux anniversaire Jacob ». Pendant ce temps, Jana scotche les mini-barres de Snickers qu'on a achetées au centre commercial.

– On devrait se dépêcher, dit-elle en montrant du menton des élèves qui errent déjà dans l'école. Il ne faut pas qu'il nous surprenne.

– Ne t'inquiète pas, j'ai fini, dis-je en reculant pour admirer mon travail.

– Oh, on a failli oublier les ballons.

Jana attaches les trois ballons d'hélium bleu argent. Sur l'un d'eux il y a écrit « Joyeux anniversaire ».

Elle bat des mains :

– C'est teeeeeeellement beau !

– En effet, dis-je.

– Et maintenant la touche finale.

Jana sort un papier plié avec soin de son sac à dos. C'est un petit mot qui dit : « Pour toi ! Bisous de ton amoureuse secrète. » Elle a dessiné un petit ballon de foot en dessous.

– Je pense qu'il comprendra que tout ça, c'est de ma part, ajoute-t-elle en agitant ses doigts autour du casier comme si elle était magicienne. Puis elle glisse le petit mot dans le casier par une des fentes.

– Oui, je réponds, je suis sûre qu'il s'en rendra compte.

Jana a le sourire jusqu'aux oreilles. Elle a l'air tellement contente. Et ça me fait plaisir qu'elle soit contente. Mais je ne peux pas m'empêcher d'être jalouse. Après tout, les décorations du casier, ce n'est pas Jana qui les a toutes fabriquées. Pas toutes. Alors j'espérais un peu que son secret resterait ce qu'il est… un secret.

– Devinez quoi ! crie Jacob en s'approchant de notre table à la cantine.

Tout le monde est assis, à notre place habituelle, à côté du bar à sauces.

– Quelqu'un a décoré mon casier ! dit Jacob. C'est pour ça que je suis en retard.

Jana et moi essayons d'avoir l'air innocent.

– Oh vraiment ? demande Jana en ouvrant son thermos de soupe, et l'odeur de ses lentilles se met à embaumer.

– Ouais, il plonge sa main dans sa poche et jette une poignée de mini Snickers sur la table. On m'a donné tout ça. Et on m'a laissé une note mystérieuse.

Katie et Torielle nous lancent un regard entendu. Elles connaissent l'Opération Déco du casier de Jacob.

Lukas jette sa main sur la table et attrape tous les Snickers.

– Tu pourrais partager monsieur Gourmand, dit Jacob.

– Je partage, répond Lukas. Je partage avec moi-même, ajoute-t-il en déballant une mini-barre, qu'il lance dans sa bouche et avale.

Jana rigole :

– Tu es dingue Lukas.

Jacob plonge le bras et dégage une poignée de Snickers de l'emprise de Lukas.

– Là, dit-il en en laissant un à côté du sac déjeuner de Torielle, en voilà un pour toi.

Il est derrière Jana et en laisse tomber un sur ses genoux.

– Merciiii, répond-elle dans un petit cri, comme si ce mini Snicker était vraiment spécial et spécialement sélectionné pour elle.

Et puis il en jette deux supplémentaires. Un atterrit sur mon sac déjeuner, un autre à côté de Katie.

– Tu n'en gardes aucun pour toi ? je lui demande.

– Ne n'inquiète pas, répond-il en se frottant le ventre, j'en ai déjà eu plein.

– Et qui a décoré ton casier ? demande Lukas en mordant dans une autre barre et en la mâchant consciencieusement. Parce que, je peux te dire que ce n'est pas moi.

– Je n'en suis pas sûr, dit Jacob en s'asseyant en face de moi et à côté de Jana, mais j'ai une bonne idée de qui ça pourrait être. C'est quelqu'un qui joue au foot.

Les yeux de Jana brillent.

– Et quelqu'un qui a un sens artistique, poursuit Jacob.

Jana se mord les lèvres. Elle n'a vraiment aucun sens artistique.

Mais moi si.

– Et quelqu'un qui sait que j'aime bien les mini Snickers, dit-il en sortant son déjeuner et en rangeant son sac à dos sous sa chaise.

Et puis en se tapant le menton il ajoute :

– Humm, à la mystérieuse personne qui veut rester secrète : merci. Mystérieuse personne, tu as fait du beau travail, ajoute-t-il en levant son pouce.

J'aimerais tellement lui dire : *C'était avec plaisir*. À la place, je regarde mon Snickers et j'essaie de ne pas sourire.

On se dirige vers le cours d'histoire-géo. Il y a des élèves partout dans les couloirs, on se prend des coups de coude et des coups de sac dans les côtes. Et Jana n'est pas contente :

– Je n'arrive pas à croire qu'il n'ait pas compris que la note venait de moi, se plaint-elle. C'était *mon* écriture.

– Peut-être que la prochaine fois tu pourras la signer avec un J ou avec un autre signe distinctif ? La prochaine fois, tu feras mieux.

– La prochaine fois ? demande Jana s'arrêtant pour boire à la fontaine à eau.

La fontaine ne fonctionne plus. Elle donne un grand coup de pied dedans.

– La prochaine fois c'est dans un an ! Je ne vais pas attendre toute une année !

« Notamment parce que tu auras changé des dizaines de fois de coup de cœur d'ici là », j'aimerais lui répondre. Mais je m'abstiens. Je sais qu'elle se sent mal. Et je me sens mal qu'elle se sente mal. Pourtant, intérieurement, je suis également très contente. Jacob a pensé que les décorations de son casier étaient de moi !

En cours d'histoire-géo, Jacob et moi travaillons ensemble sur une liste de vocabulaire propre au débat. En fait, Mme Yoon nous demande de définir des termes tels que *résolution* et *assertion* sur un formulaire qu'elle a distribué. Jacob, pendant tout ce temps, me fait du pied sous la table. Ce devoir de recherche de vocabulaire passe très vite.

Après, j'ai cours de sciences avec Torielle. Elle s'assoit en face de moi.

– Je ne vois pas M. Gibson, dit Torielle.

La cloche a sonné, mais un groupe d'élèves traîne et discute, pas encore assis. Certains sont même installés sur les paillasses.

– Il n'est pas là. Peut-être qu'il est malade, dis-je pleine d'espoir. Peut-être qu'on aura un remplaçant.

Mais quelques instants plus tard, M. Gibson entre dans la classe avec un petit pas de danse :

– Désolé messieurs dames, lance-t-il. J'ai eu un appel urgent. Ce n'est pas parce que je suis absent que cela vous autorise à ne pas vous asseoir à vos places, ajoute-t-il en lissant sa moustache avec ses doigts.

Un groupe d'élèves se dépêche d'aller s'installer.

– Veuillez sortir vos crayons s'il vous plaît, car aujourd'hui nous allons faire une interro.

Heu… J'ai été très occupée tout le week-end et entre le centre commercial, le foot et le rendez-vous avec Jacob, je n'ai pas vraiment fait mes devoirs de science. En général, M. Gibson ne vérifie pas, donc je pensais me rattraper ce soir. Il n'avait pas prévenu qu'il y aurait une interro.

Je fouille ma trousse pour sortir un crayon et je lève la main en disant :

– Mais vous ne nous aviez pas vraiment dit qu'il y aurait une interro. Donc ça veut dire que c'est une interro surprise ?

– C'est cela, répond M. Gibson.

– Il y a un truc qui ne va pas ? me chuchote Torielle.

– Heu, un peu ouais, je réponds.

– C'est l'interro surprise ? me demande-t-elle.

– Oui. S'il nous l'avait dit à l'avance, j'aurais été bien plus préparée, dis-je.

– Mais c'est pas ça le principe des interro surprises ? dit-elle doucement alors que M. Gibson commence à distribuer les feuilles.

– Le fait de ne pas nous l'annoncer est une surprise. Je n'aime pas les surprises, dis-je avec plus d'intensité dans la voix que ce que je voudrais.

Personnellement, je suis contre le fait de faire peur aux gens.

– Mais toi tu as fait tes devoirs Torielle. Tu fais toujours tes devoirs.

Torielle se mord les lèvres :

– Oui, en effet, répond-elle. Je suis ultra-préparée.

Si seulement c'était ça mon problème. Ça va mal se passer pour moi.

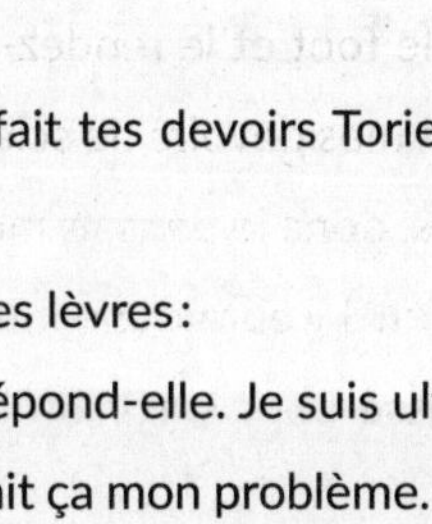

CHAPITRE 17

LE PROBLÈME DU PORTAIL PARENTAL

Pendant la pause déjeuner du lendemain, Katie me demande :

– Qui est-ce que tu aimes bien Maddie ?

On est assises à notre table habituelle, sauf que les garçons ne sont pas encore arrivés. Qui est-ce que j'aime bien ? Bon ben un garçon dont le nom commence par un J. Un garçon qui m'a envoyé des textos hier soir en me disant pourquoi les koalas étaient ses animaux préférés – parce qu'ils dorment entre huit et vingt-deux heures par jour.

Je hausse les épaules :

– Je ne sais pas.

– Qu'est-ce que ça veut dire « je ne sais pas » ? dit Torielle. Ça fait une semaine que la rentrée est passée, tu dois sans doute aimer quelqu'un.

– Peut-être que Maddie n'aime personne, dit Jana en prenant ma défense.

– Oh allez. Même quand on dit qu'on n'aime personne, on a toujours un garçon mignon en vue, avance Torielle en mordant dans son taco. Tout le monde a quelqu'un en vue. Soyons honnêtes.

Oui, soyons honnêtes, je me dis. *J'ai* quelqu'un en vue.

Je vois Jacob, de l'autre côté de la cantine, qui arrive dans notre direction.

– Dis-nous, supplie Torielle.

– Plus tard, je réponds.

Je montre d'un coup de tête entendu Jacob et Lukas qui s'approchent de nous.

– Oh… peut-être qu'elle aime un des amis de Jacob, dit Katie.

– Chhhut, dis-je, en rougissant à la simple mention du nom de Jacob.

– Qu'est-ce que tu penses de Lukas ? demande Jana.

– Tais-toi, dis-je.

– On brûle, non ? dit Torielle en levant les sourcils. Allez admets-le.

– Non ! Chhhut, les garçons arrivent, je supplie pile au moment où Jacob s'installe en face de moi.

– On *est* là, dit Jacob. Enfin, il me semble.

Il se retourne pour se mettre à scanner toute la cantine, et son regard revient sur la table. Jana ricane. Et puis il se montre de la main, se tapote en ajoutant :

– Ouaip, on est vraiment là.

Ensuite, en me regardant avec attention, il nous demande tout en remontant ses sourcils :

– Donc c'est quoi que vous ne pouvez pas dire aux garçons ?

– C'est une discussion entre filles, dit Jana qui passe un bras protecteur autour de mes épaules. On ne vous dira jamais.

– Est-ce que ça concerne des gens qui sont assis à cette table ? demande Lukas.

– De manière générale, oui, dit Torielle.

Je lui lance un regard qui signifie *tais-toi* et je tousse.

– Ça concerne les garçons en général, poursuit Jana, c'est tout.

Je sens mes joues rougir.

– D'accord, alors juste pour savoir : vous voulez qu'on parte ? demande Jacob qui commence à prendre son plateau.

Jana l'arrête :

– Non, ne fais pas ça. Après il faudrait qu'on écoute ce que Maddie a à dire.

Je sais qu'elle dit ça juste pour plaisanter mais quand même, ça fait mal. Surtout que j'aimerais tellement le leur dire…

En histoire-géo, on doit remettre tous nos formulaires à Mme Yoon. Nous rendons celui d'introduction, celui de réfutation, et au moment de remettre celui sur les cinq sources, je me sens mal. Je réalise que je n'ai pas le mien : je l'ai laissé sur mon bureau à la maison, je le vois très bien en évidence sur ma table, j'étais tellement distraite ce matin à force de penser à tout ça que je l'ai oublié.

Je fais une grimace.

– Qu'est-ce qu'il y a ? me demande Jacob.

– J'ai laissé le formulaire sur les cinq sources à la maison.

– Oh mince.

Mme Yoon parcourt les allées pour récupérer les devoirs.

Je lève la main, paniquée :

– J'ai oublié mon devoir sur les sources à la maison. Est-ce que je peux l'apporter demain ?

– Je suis désolée mais je ne peux pas accepter du travail en retard. Je vais devoir vous mettre zéro, dit Mme Yoon en secouant la tête.

– Quoi ? Un zéro ! je n'ai jamais eu de zéro jusqu'ici.

– Oui. À moins que vous ne soyez malade ou n'ayez un impératif familial, c'est ma politique.

– Vous ne pourriez pas plutôt m'enlever quelques points pour le retard ? dis-je en joignant les mains.

– Je suis désolée.

Jana, qui est assise à côté de Fiona pas loin des bibliothèques où sont rangés tous les dictionnaires, me lance un regard plein d'empathie. En revanche, Fiona a l'air bizarrement contente, comme si elle pensait que je le méritais. Comment Jacob peut-il être si gentil et sa cousine si méchante ? Je ne comprends pas.

– S'il vous plaît, je supplie, cela n'arrivera plus.

Je me déteste d'avoir l'air si pathétique devant Jacob, et la moitié de la classe qui est à portée d'oreille.

– Vous aurez l'occasion de rattraper votre note, dit Mme Yoon. Je donne des points en plus. Mais pour cette fois, je ne peux pas vous mettre autre chose que zéro.

Oh non.

D'éventuels points en plus relèveront peut-être ma moyenne générale, mais pour l'instant… J'espère juste que mes parents ne verront pas mon zéro avant que j'aie pu rattraper ma note.

Je croise les doigts.

Malheureusement, l'espoir ne me mène pas bien loin. À la maison, les choses se passent mal.

Au moment du dîner où j'essaie de m'esquiver, mon père prend sa grande inspiration et me regarde fixement quand je commence à monter les escaliers pour rejoindre ma chambre :

– Et qui a dit que tu avais le droit de sortir de table Maddie ? Reviens et assieds-toi, tout de suite. Le repas n'est pas terminé.

Il est fâché.

Maman est fâchée.

Elvie est déçue.

Et j'ai très peur.

Ma mère est allée sur le portail parental cet après-midi. Elle admirait toutes les incroyables notes d'Elvie. Et puis Elvie (merci beaucoup) lui a montré comment aller sur le portail parental du collège Northborough.

C'est là qu'elle a vu mes deux terrifiantes, horribles, très mauvaises notes. Ma note d'interro surprise ratée et mon zéro en histoire-géo pour le devoir sources.

Quand papa est rentrée de son cabinet juridique, maman a échangé avec lui juste avant le dîner. Ils n'étaient pas contents. Ils ont décidé qu'il fallait des sanctions. De dures sanctions.

Je suis punie jusqu'à ce que j'améliore mes notes (toutes mes notes doivent atteindre 14 ou plus). Cela veut dire que je n'ai pas le droit d'aller à la fête de Jana, et donc forcément, pas le droit d'y rester dormir. Cela veut dire que je n'ai pas le droit de voir des amis. Pas le droit d'avoir de téléphone non plus. La seule chose que j'aie le droit de faire c'est mes devoirs.

J'ai du *ropa vieja* dans mon assiette : de la poitrine de bœuf en lamelles dans de la sauce tomate, parsemée de rondelles d'olives, le tout sur du riz avec des gros pois. C'est une recette de mon arrière-grand-mère qui venait de Cuba, l'*abuelita* de ma mère. D'habitude j'adore. Mais ce soir je n'arrive pas à en avaler une bouchée.

– Je t'ai dit de t'asseoir, dit mon père.

– D'accord, je réponds.

Ce n'est pas juste. Elvie a peut-être toujours de bonnes notes mais elle n'est pas si parfaite que ça. Parfois quand mes parents pensent qu'elle étudie, elle joue en fait à un jeu sur son ordinateur ou bien elle envoie des textos à ses amis. En plus, depuis quelque temps, elle rentre souvent à la maison en retard. Et bien sûr, maman s'est fâchée, mais ils ne l'ont pas punie.

J'aimerais monter dans ma chambre pour respirer un peu. Ici, j'ai l'impression d'être sous l'eau, comme si je retenais ma respiration.

– Maddie, nous sommes en train d'avoir une discussion. On est même en pleine discussion, dit papa.

Elvie prend une bouchée de pois et de riz :

– Maddie, si tu n'as pas de bonnes notes au collège, tu prendras de plus en plus de retard. Tu ne pourras jamais rattraper ce retard au lycée.

– Maman, dis-lui d'arrêter, je supplie.

– Elvie, on ne t'a pas demandé ton avis, dit maman.

– Je lui fais juste profiter de mes conseils éclairés, dit Elvie.

– C'est plus des conseils de cheftaine, je réponds.

Et puis j'explose en disant :

– Pourquoi vous ne remarquez jamais ce qu'elle ne fait pas bien ? Elle n'a pas rangé la vaisselle parce qu'elle est rentrée en retard de l'école par exemple. Mais par contre vous remarquez toujours mes moindres petites erreurs. Je vous déteste !

– Bon maintenant tu montes dans ta chambre, ordonne papa.

Le lendemain matin, maman est de l'autre côté de la porte de la salle de bains :

– Chérie, il faut qu'on parle.

– Je suis sous la douche, je réponds.

L'eau sortant du pommeau de douche étouffe la réponse de ma mère. Je suis quasi certaine qu'elle me demande d'éteindre l'eau.

– Tu veux que j'aille à l'école avec les cheveux sales ?

Mon ventre se noue quand j'entends des bruits de pas arriver jusqu'à la porte de la salle de bains.

– Deux minutes, et après, j'éteins l'eau ! crie papa.

J'aimerais tellement envoyer un texto à Jana pour lui dire à quel point mes parents sont injustes. Les larmes me montent aux yeux. Je pense à tout le monde qui s'amusera sans moi à la fête de Jana. Il y aura de nouvelles blagues entre elles et je ne serai pas au parfum. Elles prendront des tonnes de photos et tout le monde les verra et je ne serai sur aucune d'elles. Mon souffle commence à manquer, comme si j'avais couru pendant des kilomètres.

De l'autre côté de la porte de la salle de bains, ma mère dit :

– Maddie, j'aimerais t'expliquer une fois encore pourquoi ton père et moi t'avons punie. C'est parce…

– C'est parce que vous me détestez ! je crie. Vous ne voulez pas que j'aie des amis.

Je ferme le robinet. Je suis dégoulinante d'eau, je m'enroule dans une serviette et ouvre d'un grand coup la porte de la salle de bains.

Maman est là, dans le couloir, et se mord la lèvre. Papa est à côté d'elle.

– On ne te déteste pas, elle dit.

– Ah oui ? Et alors pourquoi est-ce que vous gâchez ma vie ?

Ma voix sort entrecoupée de soupirs. J'ai la tête gelée.

– Tu t'es gâchée la vie toute seule, Maddie, répond mon père en soupirant.

Comme si les choses n'étaient pas suffisamment tendues avec Jana, maintenant je vais rater sa fête. Mais pourquoi est-ce que mes parents me font ça ?

CHAPITRE 18

INJUSTICE

– Est-ce que tes parents sont vraiment fâchés ? me demande Jana le lendemain matin.

Je fais machinalement tourner le code de mon cadenas avec fureur.

– Ils ne sont pas contents, dis-je en me mettant à sortir des livres de mon sac à dos. Mes parents m'ont dit que je suis punie jusqu'à ce que je remonte mes notes.

– Quoi ? dit Jana en tapant du pied, indignée. C'est fou ! Tes notes de tous les cours ? Qu'est-ce que ça veut dire ? Et est-ce que tu peux quand même venir à ma fête ?

– Ben, je peux si je remonte mes notes d'ici vendredi, dis-je en haussant les épaules. Ah ah, ça signifie passer instantanément à des 14 partout en trois jours.

– C'est tellement injuste, dit Jana. Et puis il y a des profs qui ne vont même pas faire d'interro tout de suite, et d'autres qui mettent des années à nous rendre nos notes. On pourrait avoir de bonnes notes sans même que ça se voie sur le portail de notes.

Katie et Torielle nous retrouvent près des casiers et Jana leur annonce l'horrible nouvelle. Elles me prennent toutes les deux dans leurs bras et me disent qu'elles sont désolées.

– C'est juste pour ces deux cours en fait, c'est ça ? demande Katie.

J'acquiesce.

– Tu peux y arriver, me dit Torielle.

– Oui mais probablement pas avant ce week-end, dis-je en ravalant la grosse boule que j'ai dans la gorge.

– Il va falloir que je parle de ça à ma mère, dit Katie. Les profs devraient être obligés d'inscrire leurs notes tout de suite. Sinon, ce n'est pas juste. Comment peut-on savoir ?

– Oui, tout ça c'est vrai. Mais là… dis-je en faisant non de la tête et en commençant à renifler. C'est probablement trop tard pour moi.

Jana écarquille les yeux :

– Et si je repoussais ma soirée pyjama plus tard dans le mois.

– Ne fais pas ça Jana, lui dis-je en m'adossant à mon casier et en secouant la tête. Tes parents ont déjà loué la machine pour le karaoké. Vraiment. Ne fais pas ça. Je trouverai un moyen pour remonter mes notes.

– Mince, je l'espère bien, dit Katie.

– C'est tellement sévère, dit Torielle.

– Je sais, je réponds. Et je vous aurais bien envoyé un texto mais ils m'ont aussi privée de téléphone hier soir.

– En plus, t'as pas de téléphone ? Jana a l'air indignée. Ça c'est de la folie !

– Heureusement, ça c'était juste pour hier soir. J'ai parlé à ma mère ce matin et je l'ai convaincue que c'était bête de me priver de téléphone. Comment ils feraient pour me contacter ?

– Bon, ça c'est pas mal, dit Jana. Mais quand même, je n'arrive pas à croire qu'ils t'aient punie. Je suis désolée. Je regrette de ne pas t'avoir rappelé d'apporter ton formulaire de sources au cours de Mme Yoon.

Mes épaules s'affaissent.

– Non, j'aurais dû m'en souvenir toute seule.

Quelques filles de sixième en tenue de sport passent à côté de nous alors que Torielle fouille dans son casier pour y prendre ses livres :

– Tu devrais demander à tes profs si tu ne peux pas faire des devoirs en plus pour rattraper.

– C'est une bonne idée, je réponds. C'est ce que je vais faire. Il faut juste que je me concentre sur l'histoire-géo et les sciences. Ça va bien dans toutes les autres matières. Mes parents ne veulent plus que j'aille au foot ou en cours de céramique. Ils disent que je dois me concentrer *seulement* sur mes études, dis-je en glissant la sangle de mon sac sur mes épaules.

– Dingue ! dit Torielle en essayant de dominer le bruit ambiant du couloir qui augmente à mesure que les élèves arrivent à l'école. C'est de la folie, poursuit-elle en claquant la porte de son casier.

– Tu peux y arriver Maddie, me dit Jana.

Elle passe son bras autour de mes épaules, ce qui me réconforte. Et puis elle tire sur le velcro de son sac déjeuner et en sort un brownie :

– Pour toi. Un *joyeux*, me dit-elle.

Un *joyeux* c'est un truc qu'on se donne les unes aux autres quand ça ne va pas bien. Je sens mon sourire s'élargir sur mon visage :

– Vraiment ?

– Oui, dit-elle. Crois-moi, j'aimerais vraiment le manger mais j'ai encore plus envie que tu sois contente.

Je n'irai peut-être pas à la soirée pyjama de Jana, mais là je suis certaine que j'ai une incroyable meilleure amie à vie.

Juste avant que le cours d'histoire-géo ne commence, je m'assois à ma place et je demande à Mme Yoon ce que je peux faire pour compenser mon zéro. Elle vient jusqu'à moi et m'explique que, si je ne peux pas complètement effacer la note, je peux avoir des points en plus en créant un tableau qui décrira le processus du débat en quatre étapes. Cela me préparera aussi au débat qui va arriver vite : lundi prochain.

C'est seulement dans cinq jours ! Mon ventre se noue rien qu'à l'idée.

Jacob sort son classeur et demande :

– Je peux aussi le faire ?

– Oui, en fait, tout le monde peut le faire, dit Mme Yoon.

Et elle présente l'idée à toute la classe. Mais ce travail doit être rendu vendredi prochain, précise-t-elle.

– C'est beaucoup de travail, dis-je.

– C'est en fait assez simple, réplique Mme Yoon.

Pour elle peut-être. Mais je sais que je vais le faire. Même si je dois travailler toute la nuit, je vais le faire.

Avant que le cours de science ne commence, je demande aussi à M. Gibson si je peux avoir des points en plus.

Il lève les yeux de son livre, la biographie d'un génie des sciences.

– Bien sûr, dit-il sa tasse de café à la main. Faites une affiche illustrant les différentes phases de la mitose. Il faut que les quatre phases basiques soient illustrées : prophase, métaphase, anaphase et télophase.

Puis il ajoute entre deux gorgées de café :

– Décrivez aussi la prophase de manière à inclure la prométaphase. J'aimerais bien sûr que ce soit fait en ordre séquentiel. Et que tout soit titré et en couleur. Et voilà, me dit-il avec un demi-sourire et la moustache qui frise.

– D’accord, dis-je en allant m’asseoir.

Je sais ce que je vais faire cet après-midi.

En fait, écrire les quatre étapes du débat me prend deux heures. Ce n’est pas si terrible, mais ce n’est pas facile non plus et surtout ça me rappelle que, pendant le débat, tout le monde me regardera. Je ne serai pas comme je suis là maintenant, toute seule, à la maison. Faire l’affiche de science me prend trois heures et demie. Pendant que je travaille, je reçois des textos de mes amies et de Jacob – ce qui me permet de faire des petits breaks et d’avoir des petits sourires en même temps.

J’apprends des trucs cools, comme par exemple que tout organisme est passé par une division cellulaire. Alors que je colorie, sur mon schéma de la cellule, le centrosome en jaune, papa monte me voir et fait des calembours du genre : « Tu veux qu’on fasse amibe-amibe ?! Si oui, tu me dis : vise ! » Ce qui nous fait rire Elvie et moi.

On travaille toutes les deux, côte à côte. Ma sœur travaille vraiment très dur. Pour moi, faire des devoirs pendant aussi longtemps c’est exceptionnel, mais pour elle, c’est normal. C’est épuisant. Et même si je pense que c’est injuste qu’elle échappe à ses corvées de ménage en raison de son travail pour la prépa, je comprends maintenant ce qu'elle ressent quand elle dit qu'elle manque de temps.

Une fois que j'ai tout terminé, je suis totalement crevée. Je vais me coucher à 10 h 30, une heure plus tard que l'heure à laquelle je dois officiellement aller me coucher.

Je rends le devoir d'histoire-géo le jeudi et ça se passe bien. Beaucoup d'autres élèves l'ont fait aussi, dont Jacob et Fiona. Jana ne l'a pas fait vu qu'elle a déjà un 15. Je pense que Fiona voulait un 20+.

Je vais voir Mme Yoon à son bureau et lui demande si elle inscrira tout de suite cette note supplémentaire sur le carnet en ligne. Elle me dit que son après-midi est très occupée, car elle doit préparer son intervention dans une conférence, mais qu'elle fera son possible pour l'inscrire au plus tard en début de semaine prochaine.

– Ce sera trop tard. Vous ne pourriez pas le faire plus tôt ? S'il vous plaît ? je lui demande d'une voix paniquée.

– Qu'est-ce que vous entendez par plus tôt ?

– Cet après-midi ?

– J'essaierai, dit-elle. Mais je ne vous promets rien Maddie.

– Merci, dis-je en lui adressant mon sourire le plus amical, le plus « bonne élève » possible.

C'est marrant, je n'ai jamais été le genre de personne à faire de la lèche aux profs, à être toute mignonne et enthousiaste. C'est plutôt Jana qui fait ça. Mais avec mon coup de cœur pour Jacob et mon besoin d'avoir ces notes, je connais chaque jour un peu plus ce que mon amie ressent. C'est un peu bizarre.

Au dernier cours de la journée, je rends mon affiche à M. Gibson. Il est en train d'écrire des mots scientifiques sur le tableau blanc avec un marqueur vert desséché.

– Tenez, je lui dis en déroulant mon affiche sur mes genoux. Je l'ai faite sur une feuille rigide pour qu'elle tienne mieux.

Sa mâchoire lui en tombe de surprise :

– Je ne pensais pas que vous le feriez. Bravo Maddie, dit-il en se penchant pour examiner les différentes phases de la division de la cellule représentées sur mon affiche. C'est bien d'avoir utilisé des crayons de couleurs différentes pour délimiter chaque partie. Je vais les expliquer dans quelques cours. Mais je dois dire que c'est au-delà de ce à quoi je m'attendais, vu que je plaisantais à moitié.

–C'était une plaisanterie ?! je bredouille.

– Eh bien, je ne pensais pas faire de cours sur la mitose avant les vacances de la Toussaint, mais on pourra peut-être utiliser votre affiche à ce moment-là.

– Et donc je vais avoir des points en plus ?

– Tout à fait, dit-il.

– Vous pourriez les ajouter tout de suite à ma moyenne, afin que ça puisse directement se voir sur le portail parental ? S'il vous plaît ?

Il plisse les yeux :

– Qu'est-ce que vous avez derrière la tête ?

– Je veux juste que mes parents voient la note, dis-je en joignant les mains.

Il rebouche le marqueur tout sec :

– D'accord, vous aurez votre note.

Puis, mettant sa main sur le coin de sa bouche, il ajoute tout bas :

– Mais n'ébruitez pas cela. Tout le monde pourrait prendre de mauvaises habitudes.

CHAPITRE 19

BONNES NOUVELLES

– Bonne nouvelle ! j'annonce vendredi matin. Mes parents m'ont dit que puisque j'ai augmenté mes notes, je ne suis plus punie et je peux aller à ta fête !

Je suis devant le casier de Jana. Elle range une pile de livres sur son étagère du haut.

– *Quoi* ? C'est incroyable ! Jana tourbillonne de plaisir et m'embrasse.

On saute de joie comme des folles toutes les deux. Quand on s'arrête, histoire de reprendre notre souffle, elle me demande :

– Donc les points en plus, ça a marché ?

– Oui, Torielle est vraiment un génie, c'était son idée. Et j'ai réussi à convaincre M. Gibson et Mme Yoon d'inscrire mes notes sur le portail parental immédiatement. Mes parents m'ont dit que si tout se passe bien en cours aujourd'hui, et si je ne fais rien de stupide à la maison – comme refuser de faire mes corvées – je peux aller à ta fête !

Je suis tellement contente que j'entame une danse sur place. Jana danse avec moi. Soudain elle s'arrête et pointe son doigt vers moi :

– OK, quoi que tu fasses, aucune bêtise entre maintenant et demain soir. Rien en dehors des clous.

Je ris :

– Je promets, dis-je. Je serai une élève modèle. Un être humain parfait. Rien ne parviendra à gâcher tout ça !

Je suis tellement enthousiaste que je me fiche un peu que le jour du débat soit si proche. Je sais que le week-end va passer super vite avec la fête de Jana. À peine le temps de se retourner et on sera déjà lundi – jour du débat. Mais je ne m'en soucie pas : le parfum de la bonne nouvelle me berce et flotte autour de moi, formant une bulle protectrice de bonheur.

Quand j'arrive à mon premier cours, à ma place il y a une petite boîte en provenance d'une boulangerie. Elle est blanche, avec un petit sticker dessus sur lequel est écrit : *Friendly Bean*. Et puis un petit Post-it sur lequel on peut lire : *Maddie*.

Je m'adresse aux élèves autour de moi :

– Vous avez vu qui a mis ça là ?

Personne n'en a la moindre idée.

Je m'assois et je fixe la boîte. Pourquoi ? Quoi ? Qui ?

Je défais le Scotch et j'ouvre la boîte. Un muffin au chocolat vanillé est niché à l'intérieur.

C'est forcément de la part de Jacob ! La nuit dernière, on s'est envoyé des textos. Je lui ai raconté à quel point je stresse à propos du débat. Et il a essayé de me calmer. Il m'a raconté que l'année dernière lui aussi avait connu ce type de situation et que le grand truc avait été d'imaginer simplement que tout l'auditoire était en slip. Et puis il m'a envoyé cette chanson parodique vraiment marrante qu'il avait trouvée sur YouTube.

Et, pendant qu'on s'envoyait des textos, j'ai su que mes parents suspendaient la punition. Alors je le lui ai dit. Ce muffin, c'est certainement pour fêter ça.

Je pousse un petit cri, et mets aussitôt ma main devant ma bouche : tout le monde s'est retourné et me fixe.

– C'est ton anniversaire ? me demande quelqu'un.

Je fais non de la tête. Mais c'est sans doute le plus beau jour de ma vie. Je n'arrive pas à y croire. Jacob m'a acheté un muffin, mon muffin préféré, au même parfum que celui que j'avais choisi le jour où on s'est rencontrés.

Mais pourquoi ?

Parce qu'il t'aime bien, me dit une petite voix dans ma tête.

Ça pourrait aussi être parce qu'il veut te regonfler à bloc, me dit une autre petite voix. *Il savait à quel point tu étais perturbée d'avoir été punie, et à l'idée du débat tout proche.*

Quoi qu'il en soit, cela veut dire qu'il pense à moi. Ou bien c'est le meilleur partenaire de débat du monde entier, ou bien il m'aime bien, ou les deux.

J'ai des palpitations dans le ventre.

Je referme la boîte. Pendant le reste de la matinée, je ne fais que la regarder. Je ne peux pas manger le muffin, il est si parfait : bien levé, couvert de glaçage tourbillonnant et crémeux avec des paillettes orange. Au moins trois personnes me demandent d'avoir un morceau de ce qu'il y a dans ma boîte.

Ah ah ! Pas question.

Quand je vais à la cantine en emportant la boîte, je réalise que je devrais plutôt la ranger : je n'ai vraiment pas envie que Jana la voie.

Mais d'un autre côté, j'aimerais tellement, tellement en parler à Jacob.

À contrecœur, je la range dans mon sac à dos et je rejoins tout le monde à notre table près du bar à sauces.

– Moins stressée à propos du débat ? demande Jacob.

J'acquiesce et lui adresse un super grand sourire afin qu'il sache à quel point je suis contente.

– Tu n'as pas l'air nerveuse, dit Jana en prenant une bouchée de salade.

– Bon, je ne dirais pas tout à fait ça. Disons juste que je suis d'humeur très positive aujourd'hui. Je suis tellement heureuse que ma punition soit levée.

– C'est super, dit Jana.

Katie et Torielle discutent d'une série policière qu'elles suivent à la télé et Jana et Lukas construisent un mur entre eux composé de serviettes en papier roulées en boule et de salières, car apparemment, Jana pense que le burger à la bolognaise de Lukas ressemble à du vomi.

– Je vais vraiment être malade, dit Jana.

– Bah, tu ne peux même plus voir mon burger, dit Lukas.

– Mais je peux encore le sentir, ajoute-t-elle en se pinçant le nez et en s'éventant le visage.

Soudain, elle bondit de sa chaise :

– J'ai besoin de sentir quelque chose qui sente bon, dit-elle en ricanant.

– De quoi tu parles ? demande Lukas en secouant la tête.

– Quand je suis allée au centre commercial avec Maddie, j'ai mis quelques échantillons de parfum dans son sac à dos.

Jana dézippe la poche avant de mon sac et fouille dedans.

– J'aurais juré les avoir mis là, dit-elle.

Et avant même que je ne puisse faire le moindre mouvement, elle dézippe la poche principale.

– Qu'est-ce que c'est que ça ? Une boîte de pâtisserie ? dit-elle, les yeux écarquillés de surprise.

Elle attrape la boîte et la jette sur la table.

– Tu nous caches quelque chose ? demande-t-elle.

Jacob me regarde et je le regarde. Je sens mon visage rougir.

– Heu non. Ça ? C'est une apparition, je bredouille.

– C'est apparu comme par magie dans ton sac à dos ? dit Torielle en se retournant vers moi pour me regarder attentivement.

– Non, au premier cours de la journée, dis-je en haussant les épaules. Je n'ai aucune idée de qui ça peut venir.

Katie se touche le menton pensivement :

– Aucune idée ? Vraiment ?

– Bah peut-être... je ne sais pas, dis-je.

Un sourire apparaît sur le visage de Jacob. Il se penche au-dessus de la table en agitant sa fourchette :

– J'ai aussi une petite idée de qui...

– Aïe ! je crie en me tenant le ventre. Ça fait vraiment mal.

– Quoi ? demande Jana.

– Mon ventre, je gémis. J'ai des crampes d'estomac.

Bon, ce n'est pas vraiment un mensonge. C'est plutôt une exagération.

– Peut-être que j'ai un peu de fièvre, j'ajoute en me prenant le front. Je pense que je devrais aller à l'infirmerie.

Et j'attrape mon sac déjeuner et mon sac à dos.

– C'est sans doute nerveux : ton débat arrive bientôt. Plus que quelques jours, dit Katie.

– Peut-être, dis-je, ravie que plus personne ne soit en train de parler de mon muffin au chocolat vanillé.

Jana me rejoint d'un bon :

– Je vais avec toi à l'infirmerie, tu ne dois pas y aller toute seule.

– Merci, lui dis-je.

Jacob fronce les sourcils, inquiet :

– Ton visage est tout rouge. Tu as besoin de glace ?

Oui, mon visage est tout rouge, mais ce n'est pas parce que j'ai quelque chose au ventre ou de la fièvre. Il est rouge d'embarras.

– Ne t'inquiète pas, je suis sûre que ça va aller, dis-je.

À l'infirmerie, je me hisse sur la table d'examen. Le papier crisse sous moi quand je bouge un peu pour m'installer plus confortablement.

Jana s'assoit toute droite sur le bord d'une chaise à proximité :

– Ça fait des heures qu'on attend.

– Heu, non. Plutôt genre trois minutes.

On rit toutes les deux. Jana n'est pas particulièrement connue pour sa patience.

– Est-ce que ça va mieux ? me demande-t-elle.

– Un petit peu en fait, dis-je en remettant mes cheveux derrière mes oreilles.

– Tu es bien moins rouge, je trouve.

Ça c'est parce que Jacob n'est pas dans les parages.

On partage nos écouteurs pour écouter cette nouvelle chanson de notre groupe préféré. On est en train de balancer nos jambes et de faire claquer nos doigts quand Mme Krauss, l'infirmière de l'école, arrive dans la pièce. Elle porte un pantalon bleu en stretch et un T-shirt avec des coccinelles. Son eyeliner est tellement épais qu'on dirait une peinture de guerre. Ses cheveux sont teints en blond presque blanc, au point que ça brille.

– Les filles, rangez ce téléphone, dit Mme Krauss en attrapant son bloc-notes et en ajustant son stéthoscope autour de son cou. Ce n'est pas parce que vous êtes à l'infirmerie que vous n'êtes pas au collège. La prochaine fois que je vois vos téléphones je les mets dans ma petite boîte. Mais je détesterais faire ça, ajoute-t-elle en montrant une boîte recouverte de papier cadeau avec des smileys.

Elle me prend la température, mais c'est mon ventre qui me fait mal, ce que je lui ai dit dès que je suis arrivée ici.

Mme Krauss nous regarde toutes les deux :

– Vous êtes toutes les deux malades ?

– Non, juste moi, je réponds.

Jana fixe Mme Krauss et dit, inquiète :

– Maddie a vraiment mal au ventre. Une grosse crampe.

– En voilà une bonne copine ! Si Maddie a un gros problème, elle devra aller voir le médecin.

Elle me regarde avec attention et poursuit :

– Et si j'appelais tes parents pour qu'ils viennent te chercher ? Tu n'as pas de température mais il faut qu'on trouve ce qui cause tes crampes d'estomac.

Puis marquant une pause elle demande :

– Il se passe quelque chose à la maison ou à l'école ? Quelque chose qui amène un peu trop de stress ?

– On a un débat en histoire-géo lundi, dit Jana. Et Maddie a peur de parler en public.

« Je peux m'exprimer toute seule », j'ai envie de dire, mais je ne dis rien.

L'infirmière change d'expression. Elle me met une main sur l'épaule :

– Alors c'est sans doute les nerfs, ma chérie. Tu devrais essayer de prendre de grandes respirations. Et de faire de la visualisation créative. Ma fille, qui est au lycée, a suivi des cours de méditation en pleine conscience et ça l'aide vraiment. Tu souhaites que j'appelle tes parents ? me demande-t-elle encore en me regardant.

Je hausse les épaules :

– Heu, vous savez, c'est un peu bizarre mais depuis que je suis là, soudain, je me sens bien mieux. C'est comme si mon ventre était guéri.

– Oh vraiment ! Je suis tellement contente d'entendre ça. Pense à la respiration, d'accord Mistinguette ?

Je rougis. Elle m'a vraiment appelée Mistinguette ?

Quand on se retrouve à marcher dans les couloirs avec Jana, on est toutes les deux d'accord pour dire que Mme Krauss est bien plus sympa que ce que dit sa réputation. Même si elle est un peu bizarre.

– S'il te plaît, quand j'aurai son âge, ne me laisse jamais penser que le rouge à lèvres brillant couleur pêche, c'est une bonne idée, dit Jana.

– J'ai vu. Et ses traits d'eyeliner si épais… je secoue la tête.

En tournant à l'angle d'un couloir, on se met à sauter bras dessus bras dessous et on rit. J'ai mes écouteurs dans les oreilles et j'écoute une autre chanson du groupe Ramon Project. Après avoir passé *Après-midi citron gingembre* une centaine de fois, j'ai commencé à découvrir certaines de leurs chansons plus anciennes.

Soudain, Jana me donne un coup de coude. J'enlève mes écouteurs et j'entends une voix familière derrière nous :

– C'est un miracle ! Maintenant tu vas tout à fait mieux ?

Je me retourne brusquement et j'ai presque une crise cardiaque. C'est Jacob.

Il attrape un de mes écouteurs et le place près de son oreille :

– Dingue. Tu écoutes les premières chansons des Ramon Project. Je savais que tu les adorerais dès que je t'ai envoyé *Après-midi citron gingembre.* Ça y est, tu es accro !

Il sourit, l'air fier de lui.

Mais Jana ne sourit pas. Elle fronce les sourcils. J'avais dit à Jana que j'étais tombée sur cette chanson par hasard. Maintenant elle sait que j'ai menti.

– Je suis venu voir comment tu allais, me dit Jacob en souriant. Mais je constate que tu vas bien maintenant.

Il ne remarque absolument pas le regard que Jana me lance.

Jacob est venu voir comment j'allais ? Normalement, je serais ravie mais là j'ai juste envie de m'évanouir. Soudain je n'ai qu'une envie : retourner directement à l'infirmerie.

– Oo... oui, c'est un miracle, dis-je en regardant attentivement mes mains.

– J'espère que ce n'est pas le muffin que je t'ai offert qui t'a rendue malade, dit Jacob.

– Heu... non, je bredouille.

Je sens que mon visage rougit.

Le visage de Jana aussi. Sa bouche se tord, puis elle fixe Jacob en disant :

– C'est *toi* qui as offert ce muffin à Maddie ?

– Heu, oui, répond-il en haussant les épaules, perplexe face à une Jana totalement déroutée. Chocolat vanillé, c'est son parfum préféré, donc oui. C'est à la fois pour célébrer la levée de sa punition et pour la remercier.

– La remercier de quoi ? demande Jana.

Jacob me regarde :

– Pour la décoration de mon casier, dit-il.

– Tu penses que c'est *Maddie* qui a décoré ton... Jana frémit.

Jacob se retourne vers moi, confus :

– C'est toi qui l'as fait, non ?

– Ben, je l'ai fait, j'admets, mais j'étais avec Jana et...

Je m'arrête au milieu de ma phrase. Jana s'est sauvée. Elle court à fond, comme si elle était défenseuse et qu'elle cherchait une percée dans les lignes avant, dans un match de foot capital.

– Faut que j'y aille. Je t'expliquerai plus tard.

Je cours dans les couloirs. Mon sac à dos me fait mal car il cogne sur mon dos, mais je m'en fiche.

Je rattrape Jana quand elle arrive au panneau des étudiants.

– Écoute, dis-je penchée en avant, haletante, essoufflée, je peux tout t'expliquer.

Jana s'écarte de moi :

– Je me fiche de ce que tu as à dire ! Tu es une horrible amie ! Tu m'as menti ! Beaucoup ! Tu m'as trahie ! Tu es officiellement désinvitée de ma soirée pyjama ! Et au fait : j'invite Fiona à la place.

Et puis elle disparaît à l'angle d'un bâtiment

CHAPITRE 20

SOUS PRESSION

De retour à la maison après l'école, je me précipite dans la salle de bains et claque la porte. Je saute sous la douche et fais couler l'eau aussi fort que possible en criant ma frustration à l'univers tout entier. Crier sous la douche, c'est une bonne stratégie parce que personne ne peut vous entendre. La salle de bain se remplit de vapeur et le jet d'eau me tape sur la tête.

Je ne vais pas aller à la soirée pyjama.

Et je ne serai probablement plus jamais la meilleure amie de Jana.

Est-ce que maintenant, c'est à Fiona que Jana va raconter tous ses secrets ? Est-ce que je vais être remplacée comme ça ? C'est tellement comique. Je n'ai pas dit mon secret à Jana parce que j'essayais de suivre le Code des Meilleures Amies à vie et que je ne voulais pas ressembler à Fionala-Traîtresse. Je n'ai rien dit, pour elle. Et voilà où tout ça me mène ! Alors que si on regarde où ça a mené Fiona d'être une traîtresse : elle a récupéré son statut de meilleure amie !

Et qu'est-ce qui va se passer avec Katie et Torielle ? Est-ce qu'elles vont arrêter, elles aussi, d'être mes amies ?

Il y a tellement de vapeur dans la pièce que j'en ai la gorge sèche.

– Maddie, tu peux sortir de la douche ? me dit maman de l'autre côté de la porte de la salle de bains. Ça fait une éternité que tu es là-dedans.

– J'ai presque fini.

– Maintenant ! me dit maman.

Je ne peux même pas avoir quelques minutes à moi pour pleurer sous l'eau chaude d'une douche ? Non. Apparemment pas.

J'ai l'impression d'être toute seule en haut d'une montagne, à crier à pleins poumons sans que personne ne m'entende.

Et Jana, Fiona, Torielle et Katie sont en haut d'une autre montagne à danser, à manger des paquets de chips, et à faire une fête cool en altitude – une fête à laquelle je ne suis pas invitée.

Ce fameux soir, le soir de la soirée pyjama de Jana, est arrivé. Il sera long, ennuyeux, noir et horrible. Ça semble assez évident maintenant qu'elle sait que Jacob m'aime bien. Je suis d'ailleurs bien trop gênée pour lui parler de tout ça, à lui. En plus ça ne compensera pas le fait d'avoir perdu mes amies.

Je ne sais pas quoi faire. Je regarde les livres de développement personnel de maman et des sites de conseils sur internet. Mais je n'y trouve rien d'utile pour ma situation. Je m'assois sur mon lit, et je ne fais rien pendant que mes amies s'amusent.

Le dimanche matin, tard, j'attrape le thé glacé qui est sur ma table de chevet. J'essaie de prendre une gorgée mais j'arrive à peine à l'avaler.

Je garde mon téléphone avec moi toute la matinée, j'attends que quelqu'un me bipe. En vrai, Jacob m'a envoyé des textos vendredi et samedi. Bon, on n'a pas parlé de ce qui c'était passé. On a juste parlé foot. Et meilleures vacances en famille. Les siennes au Costa Rica. Les miennes à Québec pendant le carnaval d'hiver. Ça m'a fait du bien d'échanger des textos avec lui.

Mais en vrai mes amies me manquent, surtout Jana.

Je pensais qu'au moins Torielle prendrait de mes nouvelles. Ou peut-être Katie. J'attendais ce bip mais rien. Silence. J'ai le cœur serré.

Le compte Viteclic de Jana affiche plein de photos de la soirée pyjama.

Je sais bien qu'elles n'ont pas pu s'empêcher de poster des photos montrant à quel point elles se sont bien amusées à cette fête. Et ce qui est encore pire, c'est que j'ai participé à son organisation. J'ai aidé à faire les courses. J'ai conçu et fabriqué la roue à vernis pour le jeu – qui semble, à en croire les photos, avoir été très marrant.

Je me traîne jusqu'au salon et m'affaisse dans le canapé. Je n'attrape pas de magazine, je n'allume pas la télé, je ne regarde même pas mon téléphone, qui reste dans ma poche. Je ne peux pas supporter de voir une photo de plus montrant mes meilleures amies passant de super moments sans moi.

Je balance mes chaussures, elles atterrissent dans un grand bruit sur le sol.

Morty les renifle et met sa gueule sur mes genoux. Ses yeux bruns m'implorent de le caresser. Je gratte sa tête, et l'écarte.

– Désolée Morty, je lui dis, en ayant immédiatement l'impression d'être la pire propriétaire de chien du monde. Là je ne peux vraiment pas.

Morty me fixe avec sa langue rose qui pend.

Le pire, c'est que je pense au débat. Demain. Soit le jour après aujourd'hui. Comment est-ce que je vais pouvoir débattre maintenant ? Comment avoir des pensées logiques ou présenter un argumentaire de façon organisée alors que je suis tellement mal ?

Et le pire du pire, c'est que je vais être en face-à-face avec Jana.

Comment la perspective de demain pourrait-elle être pire ?

Je me retourne et plonge ma tête dans un coussin. Ça sent la poussière et je tousse. Je reste là, allongée pendant ce qui me semble une éternité, et puis je sens que quelqu'un me secoue gentiment.

– Qu'est-ce qui ne va pas Maddie ?

Je lève les yeux. Elvie est au-dessus de moi. Elle a l'air préoccupée.

– Rien.

Elle s'affale à l'autre bout du canapé.

– Vraiment ? Allez. Je te connais mieux que ça. Qu'est-ce qu'il y a ?

Ma voix se brise, mais j'arrive à lui raconter tout ce qu'il s'est passé. Elle écoute tout en caressant Morty.

– Tu te souviens du moment où Caroline et moi on s'est disputées ? me dit-elle.

– Je crois oui.

– Oh allez. C'était l'année dernière, et on allait préparer un anniversaire surprise pour son petit ami, Tariq, sauf qu'elle l'a fait sans moi…

– Ah oui, je me souviens.

– Donc j'avais prévu tous ces trucs pour la fête et elle semblait super enthousiaste. Et puis Caroline a continué toute seule et a choisi une date au hasard, qui ne correspondait même pas au jour de l'anniversaire de Tariq, et elle m'ainvitée à la fête le matin pour le soir même. Et elle n'avait rien fait de ce qu'on avait prévu ensemble. J'étais terriblement en colère. Ça a été vraiment explosif entre nous. Mais plus tard, j'ai compris que ce n'était pas vraiment contre moi. J'avais envie d'organiser une grosse fête mais Caroline était gênée parce que sa maison était trop petite. Donc elle voulait aussi restreindre sa liste d'amis.

– Ah, je réponds. Mais Jana n'a pas une petite maison. Elle a une très grande maison en fait. À deux étages.

– Maddie, ce n'est pas exactement ce que je dis. Je dis que les gens peuvent être préoccupés par leurs propres trucs. Des fois, il faut juste pardonner, c'est tout.

– D'accord, ouais. Je comprends.

– Et encore une chose, ajoute Elvie.

– Quoi ? je demande.

Ma sœur lève sa main :

– Attends deux secondes, dit-elle en sortant rapidement de la pièce.

Je l'entends monter les escaliers et, deux minutes plus tard, elle revient avec un bandeau en tissu bleu turquoise :

– Ce bandeau irait super bien avec ce sweat, dit-elle en montrant le haut que je porte. C'est le même bleu.

– Tu as raison.

Elle sourit :

– Je sais.

– Peut-être que je le mettrai demain. Pour mon débat, dis-je.

Elle me regarde en levant le pouce et retourne dans sa chambre, pour se remettre à ses études, bien sûr.

Je trouve que ce bandeau est d'un très joli bleu. Comme la couleur des yeux de Jacob.

Mais penser à Jacob me rappelle Jana, ce qui me rappelle mes problèmes. Je sais que ma sœur essaye de m'aider mais je ne crois pas que, là, quoi que ce soit puisse m'aider.

– Il y a un autre truc que je voulais te dire, me dit Elvie, revenue subitement.

Elle a l'air nerveuse. Elle s'assoit sur le canapé :

– Si je rentre tard à la maison ces derniers temps c'est qu'il y a une raison.

– C'est à cause de tes cours en groupe, non ?

Elvie joue avec un fil d'un des coussins du canapé :

– En fait non. Je travaille deux jours par semaine au Friendly Bean.

– Quoi ? Vraiment ?

– Tu te souviens de la pancarte CHERCHE SERVEUSE ?

– Je crois, oui.

– Eh bien, j'ai candidaté le lendemain du jour où je t'y ai emmenée, le week-end d'avant la rentrée. Depuis je travaille là-bas après les cours. Je voulais commencer à gagner mon propre argent mais maman et papa ne me croyaient pas capable de continuer à avoir de bonnes notes et de poursuivre toutes mes activités si en plus j'avais un boulot. Moi, je savais qu'ils avaient tort. Je devais leur prouver.

Je regarde ma sœur, étonnée :

– Dingue ! Tu as ce secret depuis tout ce temps ?

– Ouais, me répond-elle. Et j'aime vraiment travailler là-bas. Ils m'ont appris comment préparer le café à la perfection. C'est vraiment tout un art. Je ne suis pas encore très bonne avec la buse vapeur mais ça va venir. Et aussi, j'ai mis pas mal d'argent de côté. À ce rythme-là, je suis sûre que je vais pouvoir m'acheter une contrebasse électrique.

– Elvie c'est incroyable !

– Et au Friendly Bean il y a un tarif réduit pour les employés. Et parfois ils ont des desserts de la veille qu'ils nous donnent, ça nous fait notre goûter.

– Tu vas le dire à maman et papa ?

– Oui, me répond-elle. Ça me rend folle de cacher ça. Vraiment, je n'aime pas mentir ou dire des demi-vérités. Je culpabilise tout le temps.

– Tes notes sont encore parfaites, non ?

– Ouais plutôt. J'ai juste eu un 15 à mon contrôle de prépa en histoire des États-Unis, dit-elle en souriant.

– Je pense que maman et papa comprendront ton petit secret.

– J'espère vraiment, me dit-elle.

– Bah, qu'est-ce que tu attends ?

– Tu penses que je devrais leur dire maintenant ? me demande ma sœur, inquiète.

– Oui, lui dis-je. Maintenant. Il ne vaut mieux pas qu'ils l'apprennent d'une autre manière. Crois-moi.

CHAPITRE 21

TROUBLE DANS LA RÉFUTATION

Lundi, je vais en cours d'histoire-géo la tête basse, et quand j'arrive dans la salle de classe je vois que l'organisation de la pièce a été complètement changée. Je suis si nerveuse que je n'ai rien pu avaler ce midi. Bon, d'accord, deux bouchées du sandwich que maman m'avait fait. Mais même ça, ça me donne la nausée.

J'ai un peu la tête qui tourne. Je cligne des yeux pour essayer de me stabiliser. *Ressaisis-toi*, je me dis.

La seule chose de bien qui soit ressortie de toute cette histoire, c'est qu'Elvie a effectivement parlé de son boulot aux parents. Au début, ils étaient vraiment en colère qu'elle ne leur en ait pas parlé avant, ils étaient surtout fâchés qu'elle ait prétendu rentrer tard à cause de cours en groupe ou de réunions d'études. Mais Elvie leur a expliqué qu'elle souhaitait plus d'indépendance et qu'elle était assez grande pour choisir certaines de ses activités. Et elle leur a montré que ses notes n'avaient pas du tout baissé.

Une fois revenus de leur surprise, ma mère et mon père se sont montrés plutôt impressionnés. Papa voulait qu'Elvie lui fasse un bon cappuccino maison mais Elvie lui a calmement expliqué qu'on n'avait pas les bons ustensiles. Pour ça, mes parents devaient aller la voir au Friendly Bean, et ils ont prévu de le faire ce week-end.

Elvie a eu la chance que son petit secret ne l'amène pas au bazar auquel m'a conduite le mien.

Exceptées quelques-unes disposées en face du tableau blanc, les tables de la salle d'histoire-géo ont été repoussées dans un coin. Trente chaises forment un demi-cercle. En plus de la banderole L'HISTOIRE-GÉO C'EST ROCK ! et de l'affiche avec les soldats romains en armure, il y a aussi une bannière sur laquelle on peut lire : TEMPS DU DÉBAT !

Oui, c'est aujourd'hui, notre grand débat. Jacob et moi, on va s'opposer à Jana et Fiona. Mon estomac se noue. Ça ressemble vraiment à une mauvaise blague.

Je regarde autour de la pièce pour savoir où est Jana. Elle et Fiona-la-Traîtresse sont au fond, elles réarrangent leurs fiches en jolies piles.

Jana croise mon regard et me fixe.

Elle me hait. Elle me hait totalement.

Je me faufile à travers un groupe d'élèves debout au centre de la classe pour rejoindre Jacob qui est à côté du taille-crayon électrique. Tout autour de moi, les élèves discutent, visiblement curieux d'assister au premier débat de l'année. On ne sait pas encore dans quel ordre on va passer. On sait juste si c'est aujourd'hui ou pas. C'est assez pour moi. Je ne crois pas que connaître notre ordre de passage m'aiderait à me détendre. Quelques élèves se précipitent pour aller voir Mme Yoon, qui est à son bureau et plie des pancartes sur lesquelles est écrit « pour/proposition » et « contre/opposition ».

Jacob fait les cent pas, il répète probablement son argumentaire d'introduction. Je frissonne en prenant ma respiration et vais jusqu'à lui.

Du coin de l'œil, je vois Jana qui avance vers nous.

– Salut Maddie, me dit Jacob en se passant les doigts dans les cheveux.

– Salut.

Je lui réponds tout en enlevant mon sac à dos de mes épaules, que je laisse tomber à mes pieds. J'observe Jana du coin de l'œil.

– Qu'est-ce qu'il s'est passé avec tout le monde ce midi ? me demande Jacob.

– Ah oui. J'avais oublié de prévenir que je serais à la bibliothèque, dis-je en baissant la voix. Je voulais me préparer. Je ne sais pas où les autres sont allés.

Probablement dans les toilettes des filles pour dire du mal de moi, je me dis. Même si on s'est échangé des textos avec Jacob, on a réussi à ne pas parler de ma dispute avec Jana. Sans doute parce que, d'une certaine manière, il sait que c'est lui qui en est la raison.

Jana se dirige vers le taille-crayon.

– Prête pour le grand affrontement ? me demande Jacob.

– Tout à fait.

Maintenant c'est à moi de faire les cent pas. J'ai la gorge sèche, comme si je couvais un rhume. Mais je sais que ce n'est pas cela. Je sens les yeux de Jana qui me transpercent l'arrière de la tête comme des lasers.

– Oh regarde, dit Jacob en se retournant pour faire face à Jana alors que le taille-crayon se met à vrombir.

Je me retourne aussi.

– C'est l'ennemi, la partie « Pour ».

Il sourit à Jana.

– C'est ça, répond Jana d'une voix dure. On est les « Pour » et vous n'êtes que les « Contre ». Elle souffle – en fait elle crache presque – sur son crayon maintenant super pointu et part retrouver Fiona.

Je sens mon visage qui chauffe tandis que nous regagnons nos places.

– Dingue, Jana a vraiment l'air prête à attaquer, dit Jacob. Elle prend ça très au sérieux.

– Ouais ouais, je lui réponds en me ratatinant sur ma chaise. Elle prend vraiment ça au sérieux.

Jacob sort un classeur de son sac à dos :

– Maddie, ça va ? On dirait que tu es un peu – il fait une pause – pâle. Tu es encore malade ou quelque chose comme ça ?

– Ça va, dis-je parce que Jacob est vraiment la *dernière* personne à qui je peux dire ce qui ne va pas.

J'aurais préféré avoir été vraiment malade vendredi. Si l'infirmière m'avait renvoyée à la maison, alors je ne serais jamais tombée sur Jacob et Jana n'aurait jamais su la vérité.

En parlant de Jana, elle tope avec Fiona à propos d'un truc. Un truc sur moi, sans doute.

J'ouvre la fermeture Éclair de mon sac, je sors mes fiches et, en tremblant, je les empile sur mes genoux.

– Tu crois que Mme Yoon pourra voir si on lit nos notes ? je murmure, en jetant un œil à notre prof.

– Tout à fait, dit Jacob.

La cloche sonne le début du cours et Mme Yoon se met devant son bureau. Elle place les pancartes « Pour » et « Contre » sur les quatre tables vides. Elle a dans la main un petit chronomètre en forme d'œuf :

– On va commencer tout de suite vu qu'on doit avoir trois débats aujourd'hui. Le premier groupe débattra du port de l'uniforme à l'école.

Mme Yoon indique les quatre tables vides en face du tableau :

– Donc Landon, Bryce, Risa et Keisha, venez ici, sous les feux des projecteurs ! dit-elle.

On entend quelques encouragements et quelques soupirs alors que le premier groupe s'avance devant la classe. Je jette un œil à Jana : elle fronce les sourcils. Elle avait sans doute envie de passer en premier afin d'être débarrassée.

Les quatre premiers débatteurs s'assoient et placent leurs notes sur leur table.

– Après ce groupe, poursuit Mme Yoon, on aura le débat « pour ou contre l'école toute l'année ». Et puis ce sera au tour du groupe chargé de débattre sur les caméras de surveillance à l'école.

Je regarde Jacob et il me regarde. Dingue, pendant un moment, j'avais comme oublié à quel point ses yeux étaient clairs. C'est fou mais ses cils sont bien plus noirs que les miens. Et les miens sont assez noirs.

– On est les derniers, murmure-t-il. Ça fait plus de temps pour se préparer.

– Ou plus de temps pour se stresser, dis-je dans un souffle alors que Mme Yoon explique comment le débat va se passer.

– S'il vous plaît, on ne discute pas, dit Mme Yoon en mettant un doigt sur ses lèvres. Je sais que vous connaissez déjà les règles. Le format de ce débat a un peu changé par rapport à ce que vous avez peut-être pu voir au cours des activités du club des Débatteurs mais les principes de base sont les mêmes. L'argument d'introduction dure cinq minutes. Cela comprend une accroche, le corps de votre argument en trois points étayés par des données, et une phrase conclusive résumant votre position. La réfutation, qui dure quatre minutes, vient ensuite et est, comme nous l'avons vu, faite de manière improvisée. Cependant, vous devez avoir déjà anticipé les arguments de votre adversaire. Vous pouvez aussi prendre des notes pendant que votre adversaire présente son argumentaire d'introduction. Les membres de l'équipe réfutation présenteront aussi un argument conclusif. Il devra être senti et persuader votre public que vous avez remporté le débat. Je vous ferai savoir quand vous serez presque à la fin du temps imparti en levant le doigt, ajoute-t-elle en agitant le chronomètre. Autre chose : le public ne peut pas parler mais il peut taper du pied s'il aime un argument. Traditionnellement, lors des débats, on tape sur la table, mais là on s'adapte. De plus, tout le monde devra écrire une question qu'il aimerait poser à l'équipe Pour et une question qu'il aimerait poser à l'équipe Contre. À la fin du cours, vous devrez me rendre ces questions, qui seront notées.

Mme Yoon scrute l'ensemble de la classe :

– Y a-t-il des questions avant que nous commencions ?

Il y en a quelques-unes, dont des questions bêtes genre : « Si je suis en train de débattre, est-ce que je dois écrire une question à poser ? » Après qu'elle a fini de répondre à tout le monde, c'est enfin l'heure, le premier débat commence.

Fiona ne cesse de se retourner pour me regarder puis regarder Jacob. Ses yeux font presque du ping-pong, rebondissant de lui à moi. Jana, évidemment, lui a raconté tout ce qu'il s'est passé.

J'ai la nausée. Jana s'est confiée à Fiona-la-Traîtresse qui est aussi la cousine de Jacob. Est-ce que Jacob aussi est au courant de tout ? Une poussée de colère monte en moi et j'ai du mal à me concentrer sur le débat qui se déroule face à la classe. Je suis censée écouter et être une auditrice active. Mais simplement, je n'y arrive pas.

Jacob me regarde attentivement et gribouille sur son cahier : « Qu'est-ce qu'il se passe ? »

« Nerveuse », j'écris à mon tour, et je dessine un smiley content même si je ne le suis pas vraiment. OK, bon, je pense qu'il ne sait rien.

Il lève les yeux pour s'assurer que Mme Yoon ne regarde pas et écrit : « Tu vas être Incroyable. »

Je lui fais un demi-sourire et j'essaie d'écouter le débat. Risa parle lentement et de manière catégorique. J'entends des phrases telles que « Pourquoi dépenser de l'argent ? » et « La mode c'est cher », mais je ne suis pas exactement ce qu'elle dit.

J'essaie de me concentrer suffisamment longtemps pour écrire les questions demandées par Mme Yoon. Quand j'en ai fini, le reste du débat me semble être du bla-bla ponctué de quelques gentils bruits de pieds sur le sol qui émanent du public et de coups sur la table produits par les débatteurs. Je ne suis pas vraiment tout cela, en revanche je sens bien le regard tranchant de Jana.

En plus, je suis assise à côté de Jacob.

C'est seulement la deuxième fois que je suis assise à côté de lui.

Normalement en cours d'histoire-géo nos tables sont disposées afin qu'on soit face à face, comme à un dîner. Et à la cantine, Jana faisait toujours en sorte d'être assise à côté de lui.

J'ai vraiment conscience de la proximité de Jacob. Ses jambes ne sont qu'à quelques centimètres des miennes. Même sa respiration me perturbe.

Il commence à me faire du pied de la pointe de sa basket.

Je me raidis. Ce serait à un autre moment, je serais ravie, mais là je sens le regard de Jana sur moi. Elle murmure un truc à Fiona, laquelle semble avoir complètement retrouvé sa position de meilleure amie numéro un.

Mme Yoon annonce que c'est maintenant au tour du groupe devant débattre sur « pour ou contre l'école toute l'année ».

Ça signifie que dans dix minutes ça va être notre tour. J'essaie de prendre de profondes respirations pour me calmer. Ça n'aide pas.

Il y a beaucoup d'agitation dans la classe. Des papiers qu'on froisse. Des chaises qui raclent le sol. Le tapage des pieds est un peu plus fort quand les moments de débat sont excitants.

Une fois encore, j'essaie de me concentrer suffisamment longtemps pour écrire mes deux questions. Max Fisker est en train de dire un truc sur le fait qu'avoir école l'été serait super parce que « personne n'oublierait ce qu'il a appris pendant les vacances ».

Alors qu'il termine son argumentaire, Jana et Fiona s'écrivent des petits mots. Elles se les passent dès que

Mme Yoon a le dos tourné. Je suis sûre qu'elles écrivent sur moi.

– Plus que trois minutes, chuchote Jacob. T'inquiète, on les aura, dit-il en montrant Jana et Fiona d'un signe de tête.

Je lui fais un OK avec mon pouce.

J'ai les oreilles en feu. Ma gorge se serre.

Tout ce que je sais, c'est que je n'ai trahi personne intentionnellement. C'est le contraire en fait. Même si j'ai été la première à avoir un coup de cœur pour Jacob, j'ai suivi le Code des Meilleures Amies à vie et me suis effacée devant Jana. Mais qui a vraiment décoré le casier de Jacob pour son anniversaire ? Moi. Pourquoi est-ce que Jacob voulait venir déjeuner avec nous ? Pour moi, voilà pourquoi. Est-ce que j'en ai parlé à qui que ce soit ? Noooooon.

Quelqu'un me secoue et je sursaute :

– C'est à nous, me dit Jacob gentiment, on doit y aller.

– D'accord, je dis, et je me lève en oubliant ma pile de fiches qui était sur mes genoux.

Elles s'éparpillent par terre. Quand je les ramasse, Jana et Fiona se masquent la bouche pour dissimuler leur rire.

Mme Yoon tient son chronomètre :

– Est-on prêt à commencer ce dernier débat de la journée ?

Pas vraiment.

On est maintenant tous les quatre assis aux tables qui sont face au tableau blanc. Jana sait combien je déteste parler en public. Elle et Fiona pensent sans doute que je vais être très mauvaise.

– Prête à te battre ? demande Jacob avec ses yeux bleus intenses.

– Oui, je le suis, je lui réponds.

Et cette fois, je ne mens pas. Cette fois je le pense.

Le propos introductif de Jacob se passe très bien. Dans son argumentaire, il donne l'exemple d'un collège qui avait des caméras de surveillance dans les vestiaires des garçons et des filles. Les caméras filmaient les filles en train de se changer, et des personnes non autorisées ont téléchargé ces images, des centaines de personnes.

Des élèves tapent du pied et font des signes de tête, écœurés. Un point pour Jacob. Pendant ce temps, Jana prend des notes pour sa réfutation. Quoi qu'elle écrive, ça semble lui faire plaisir car elle affiche un air prétentieux.

Jacob termine en disant :

– La vraie question c'est : Qu'est-ce qui est le plus précieux, la sécurité ou la liberté ? Moi, je serai toujours pour la liberté.

Il se rassoit et plus d'élèves encore tapent du pied. Je frappe sur ma table.

Malheureusement, Fiona est également très bonne. Alors qu'elle parle, j'écris rageusement ce qu'elle dit afin de pouvoir lui présenter mes contre-arguments. On dirait un match de foot. Quelqu'un attaque et un joueur adverse fait barrage. Son équipe prend possession du ballon et puis le processus recommence.

Sans que je m'en rende compte, le moment de la réfutation arrive.

Ça y est, c'est à Jana et moi pour l'affrontement final.

Jana commence. Elle met ses épaules en arrière et se tient debout super droite.

– Le précédent débatteur a dit que des écoles sans caméras étaient des espaces de liberté. Mais on ne peut pas être libre là où le crime est permis. Savoir que l'école est pourvue de caméra de surveillance permettra aux élèves, aux parents et au personnel de l'école de se sentir tranquilles et en sécurité. Ils sauront toujours ce qu'il s'y passe *vraiment*.

Beaucoup d'élèves acquiescent. Fiona se gonfle de fierté et tape sur son bureau en signe d'approbation. Mme Yoon écrit quelque chose sur ses feuilles de notes.

– Mon opposant a également dit que les caméras ne pouvaient pas tout voir, poursuit Jana. Mais ce n'est pas vrai ! Il y a de nombreux outils permettant de capter des comportements criminels, indésirables ou écœurants.

Jana parcourt des yeux la fiche qui est sur sa table. Elle parle de caméras Fisheye qui captent sur 360 degrés et de nuit. Elle explique que les caméras envoient un message aux criminels leur disant qu'ils sont indésirables. Que les contenus vidéo permettent d'avoir des preuves d'actes de malveillance.

– Avec les caméras, dit-elle en me regardant droit dans les yeux, on sait exactement ce qu'il se passe. Il n'y a plus de secrets.

Fiona me fixe. Mon cœur bat très fort.

Bien sûr, Jana ne parlait pas que de caméras de sécurité.

Elle parlait de nous.

Je me sens mal. Je me mords la lèvre et je me dis que je dois reprendre mes esprits. Que je peux le faire.

Quelques élèves frappent très fort du pied sur le sol. D'autres murmurent, surpris de voir à quel point les propos de Jana sont enflammés. Je ne le suis pas.

Jana joint ses mains et me fait un sourire entendu. Maintenant c'est mon tour.

Je me lève et je claque ma pile de fiches sur la chaise. Jana pense que je n'arriverai pas à être à la hauteur. Ben désolée. Elle a tort.

– Mon opposante dit que les caméras donnent un sentiment de tranquillité et de sécurité, dis-je. Ce n'est pas vrai ! Les caméras rendent tout le monde paranoïaque, et donnent à chacun le sentiment qu'il est observé. La présence de caméras transmet aux élèves l'idée qu'on ne peut pas leur faire confiance. Ce genre d'atmosphère est néfaste pour l'éducation, pour l'amitié, pour la joie !

Des élèves frappent du pied sur le sol. Jacob tape sur son bureau. Jana me regarde avec les yeux exorbités. Fiona est bouche bée. Je sais qu'elles s'attendaient à ce que je bégaie et que je couine telle une petite souris. Je poursuis, de plus en plus audacieuse :

– Être tout le temps observé par des caméras vous fait vous sentir coupable avant même que vous n'ayez fait la moindre chose. Et ce n'est pas parce que l'école est équipée en caméras que tout les problèmes seront réglés. De plus, Jana, ton exemple était hors de propos !

Mme Yoon lève la main :

– Dans le débat, rappelez-vous s'il vous plaît de ne pas utiliser vos noms. Merci.

– Excusez-moi, je reprends. Je veux dire, *mon opposante* a parlé de caméras de surveillance équipées de vision de nuit, ce qui est absurde : depuis quand va-t-on à l'école la nuit ?

Et puis je dis à quel point les caméras coûtent cher. Et qu'il vaut mieux dépenser cet argent dans le salaire des professeurs. Et je vois que Mme Yoon me sourit.

Encore plus d'élèves tapent du pied sur le sol. Et Jacob se met à taper sur la table en souriant.

Je vais plus loin et parle des dépenses liées à la maintenance des caméras, sans compter que les caméras elles-mêmes sont susceptibles d'être volées.

Je poursuis :

– L'école n'est pas une zone de guerre. Mais mon opposante voudrait la transformer en zone de guerre, et donc c'est ce que ça pourrait devenir : la guerre !

– Waouh ! laisse échapper quelqu'un.

Fiona manipule compulsivement la pile de fiches dont elle n'a plus besoin. Jana cligne fort des yeux. Jacob, au contraire, a l'air ravi.

On entend encore plus de coups sur le sol. Dans un demi-sourire, Jacob lance son bras en l'air comme si j'avais marqué un but impossible.

Mme Yoon agite ses dix doigts devant moi, ce qui signifie que j'ai encore dix secondes.

– Mon opposante dit qu'on devrait mettre des caméras partout, dis-je. Mais les caméras de surveillance envahissent la vie privée de chacun. De surcroît, leur installation est une invitation à l'abus. Imaginez à quel point il est facile que quelqu'un mette la main sur certaines informations et les utilise contre vous pour – et là je tape du poing sur la table pour souligner avec emphase – totalement ruiner votre vie !

Bryce attrape son carnet de notes et l'agite comme un éventail. Il désigne Jana d'un signe de tête – elle s'agrippe à sa table de ses deux mains – et moi ensuite – mon poing est encore fermement serré.

– Ces deux-là devraient régler ça dehors, dit-il. Elles sont prêtes à se battre.

– On ne parle pas dans le public ! rappelle Mme Yoon. Bon, toutes les deux vous avez maintenant une minute chacune pour répondre. Ce sera votre argument final.

Jana commence :

– Il y a certaines personnes à qui on ne peut pas faire confiance, dit-elle en froissant sa fiche dans sa main.

Fiona a un mouvement d'approbation.

– Si vous leur tournez le dos une seconde, poursuit Jana, elles font ce qu'elles ne sont pas censées faire. Et elles ne vous diront jamais ce qu'elles préparent *vraiment*. La seule manière de le savoir, c'est à l'aide de caméras, avec ces personnes on doit avoir *zéro* confiance. On a besoin de caméras afin de s'assurer que les gens suivent les règles.

Quand elle se rassoit à sa place, son visage est tout rouge. Le bruit de pieds martelant le sol remplit la pièce.

– Maddie à vous, dit Mme Yoon. Vous avez une minute pour votre argument final.

Je me lève :

– Un manque de confiance crée un environnement toxique, dis-je. Quand il n'y a pas de confiance, les gens ont l'impression qu'ils ne peuvent rien dire à qui que ce soit. Et alors ils font des choses par-derrière. Parfois, ils n'ont pas le choix ! Sans caméras le climat dans la communauté est meilleur.

Beaucoup d'élèves tapent du pied sur le sol et il y a même une acclamation générale. Jacob est celui qui crie le plus fort, avec un fier sourire sur le visage. Et alors une étrange pensée me vient à l'esprit. Je me rends compte que je n'ai même pas été nerveuse. Je suis douée pour faire des débats ! Et ça fait du bien d'être douée pour ça. Mais c'est bizarre de réaliser qu'on a du talent pour quelque chose et d'être en colère en même temps.

– C'était un sacré débat, mesdemoiselles, dit Mme Yoon.

Les autres acquiescent.

Jacob me tope la main.

Mais en fait, je ne me sens pas super bien.

Parce que Jana sort de la classe en courant. Des larmes coulent sur ses joues.

La cloche sonne et j'entends Mme Yoon dire :

– Mesdemoiselles, il se passe quelque chose ?

Mais je ne prends pas le temps de lui répondre. Sans une seconde d'hésitation, je cours après Jana.

CHAPITRE 22

DES OIES ET UN PIGEON INSISTANT

– Jana faut qu'on parle. Tout ça c'est à cause d'un malentendu, dis-je.

Je ne sais pas comment, j'ai réussi à la bloquer dans un coin à côté des casiers.

Jana me regarde fixement :

– Pardon ? dit-elle d'une voix froide.

Ce qu'elle veut dire c'est : *dégage de là.*

Je fais un pas de côté pour m'écarter de son casier :

– S'il te plaît, je bafouille. Je n'en ai pas dormi de tout le week-end.

– Et c'est censé me réconforter ? gronde Jana.

La plupart des élèves passent devant nous, pressés, mais quelques-uns ralentissent pour regarder la dispute entre filles. J'aimerais me recroqueviller assez pour rentrer dans un des casiers.

Jana me tourne le dos et compose le code du verrou de son casier :

– Qu'est-ce qu'il y a à dire ?

Tellement de choses. Tout.

Jana ouvre brutalement la porte du casier et suspend son sac à dos au crochet dedans :

– Je m'étais promis de ne plus jamais te parler. Si je t'ai reparlé c'est parce que j'y étais obligée, à cause du débat. Je me suis jurée de ne plus m'entourer que de mes *vraies* amies.

Je croise mes bras sur ma poitrine :

– Tu veux dire comme Fiona ? C'est ça, j'ai vu les photos sur Viteclic. Toi et Fiona, vous en avez posté une vingtaine : *Moi avec ma Meilleure Amie à vie* et tous ces cœurs rouges ringards. Tu parles d'une amie.

Jana respire doucement. Elle claque la porte de son casier :

– Tout est gâché.

Ses yeux ont l'air embués et elle les frotte.

De voir qu'elle est si bouleversée me touche. Je commence aussi à renifler. J'ai un nœud dans la gorge.

Le couloir est inondé d'élèves. J'ai l'impression d'être prise dans un flot continu.

– Jana, on pourrait…

Je m'arrête et m'adosse contre les casiers le temps de laisser passer un groupe de garçons de sixième qui jouent de leurs coudes pointus.

– … aller marcher, ou s'asseoir quelque part ?

– D'accord, dit-elle et mon cœur s'allège un petit peu.

Ensemble, on avance dans les couloirs entre les essaims d'élèves et on se dirige dehors, vers le patio de la cantine et ses quelques tables à pique-nique. Là il n'y a personne. Le vent nous fouette la peau et nos cheveux volent sur nos visages. Les nuages sont violets comme s'ils avaient des bleus, comme s'il allait pleuvoir.

Jana s'affaisse sur le banc d'une table à pique-nique.

– Je crois que c'est un peu humide, dis-je, en m'asseyant en face d'elle.

Elle croise ses bras sur sa poitrine :

– Peu importe. Tu t'intéresses à moi maintenant ? Tu t'inquiètes ? Après avoir amené Jacob à penser qu'évidemment c'était toi qui avais décoré son casier ? Et l'avoir amené à penser que mon message était écrit par toi !

– Je n'ai pas fait ça ! je proteste.

– Ah, et je suis censée te croire maintenant ? Après tout ce que tu as fait ? Après avoir bien dragué Jacob juste sous mes yeux ?

– En fait, tu ne fais jamais attention. Je ne pensais même pas que tu le remarquerais.

D'un bond, Jana se lève de la table à pique-nique :

– Qu'est-ce que tu essaies de dire là ? Que je suis une égoïste ? Que je ne suis pas une bonne copine ? Mais alors pourquoi être mon amie si je suis aussi horrible ?

– Ce n'est pas ce que je dis.

Elle met ses deux mains sur les hanches :

– Qu'est-ce que tu es en train de dire alors ?

J'éclate en pleurs :

– Tu es ma meilleure amie. Je ne veux pas qu'on en arrive là. Tu as fait exprès de poster ces photos pour me faire du mal. Et tu sais quoi ? Ça a marché.

Je sors un mouchoir de mon sac et essuie mes yeux.

– Je ne veux pas être ton amie si tu me traites comme ça, j'ajoute.

– Mais qu'est-ce que tu attends de moi après m'avoir volé Jacob ?

– Je ne l'ai pas volé, dis-je. Moi aussi je l'aimais bien et avant même que tu le connaisses. Et puis c'est à lui de choisir qui il aime. Mais surtout je croyais que ton coup de cœur pour lui n'allait pas durer. Cet été, tu es tombée amoureuse de Jesse, et puis tu as pensé que Toby était incroyable et puis après c'était Arnie.

Jana rit doucement :

– Ouais, c'est vrai.

Un pigeon atterrit sur le sol à côté de mes pieds :

– Bouh ! dis-je en battant des bras, il n'y a rien à manger ici. Va-t'en !

Insistant, le pigeon volète autour de nous.

– Quels crampons ces pigeons, dit Jana en ouvrant son sac et en sortant les restes de son sandwich de ce midi. Voilà, dit-elle en lançant les croutes de l'autre côté de la cour, que le pigeon va tout de suite picorer. Maintenant il ne va plus nous déranger.

– Comment tu sais que c'est un « il » ?

– Parce que c'est *un* oiseau à problèmes.

Elle s'arrête et je peux voir que ses yeux sont embués.

Un étrange silence grandit entre nous. J'entends les branches des arbres qui craquent dans le vent.

– Tu m'as tellement manqué pendant ma soirée pyjama, laisse éclater Jana dans un torrent de mots. Ce n'était pas pareil sans toi. À chaque fois que je me peignais un ongle et que je me disais : « J'aime vraiment cette couleur flamant rose », je pensais : « Je suis sûre que Maddie l'aimerait aussi. » Ou bien quand on choisissait des films à regarder. Je sais que tu aimes bien les comédies et je cherchais les meilleures, et puis je réalisais que tu n'étais pas là.

– Mais sur Viteclic on aurait dit que vous vous amusiez tellement, dis-je d'une voix plus pleurnicharde que ce que j'aurais voulu.

– Crois-moi, dit-elle en me faisant non de la tête. Ce n'était pas génial. Mon père avait pris du Cheesecake aux noix de pécan de chez Costco et personne n'en a mangé. La pizza était toute molle et j'avais oublié que Katie mange sans gluten. Les choses ne se sont pas très bien passées. Si tu avais été là, ça aurait été tellement mieux. Tu me manques teeeeellement ! me dit-elle, la lèvre inférieure tremblante.

Et puis, tout à coup, Jana commence à pleurer, bruyamment, en se laissant aller, avec des hoquets et des sanglots.

Je lui passe un mouchoir et on se mouche en même temps.

– On ressemble à des oies, lui dis-je entre deux hoquets.

– Parle pour toi.

Je me demande si vraiment elle le prend mal, mais ses lèvres forment presque un sourire.

– Tu me manques. Je déteste qu'on soit comme ça, je dis.

On pleure encore un peu toutes les deux. Mais ce sont des pleurs qui font du bien. Comme quand on entre dans une pièce toute chaude et qu'on enlève un gros manteau d'hiver après avoir été dans le froid, on se sent tellement soulagé. On est plus léger et plus libre.

Le vent reprend. Des feuilles mortes volent dans la cour. Ça sent l'air froid, piquant, et la terre, comme en hiver. L'été est vraiment fini.

Le pigeon s'envole enfin.

– On lui a fait peur je crois.

– Bien, dit Jana.

– Bon, dis-je hésitante.

Le silence s'étire entre nous.

– Bon, dit Jana.

On va devoir aller à notre prochain cours mais je sais qu'il faut que je lui explique. Il faut que je lui explique tout.

– Je suis vraiment désolée d'avoir caché autant de choses. Mais tout ça, c'est arrivé parce que je ne voulais pas perdre une amie, dis-je. J'essayais de ne pas être une traîtresse comme Fiona.

Et puis je lui décris toute la scène du chocolat vanillé au Friendly Bean. Et aussi comment Elvie m'avait donné ses conseils de grande sœur, et dit d'être loyale et de suivre le Code des Meilleures Amies à vie. Comment j'avais essayé de, tout de suite, lui raconter, à elle Jana, ma rencontre avec Jacob, mais qu'elle n'avait pas de réseau pendant son week-end de vacances. Et puis le jour de la rentrée, quand on était arrivées dans la cantine. Alors que j'étais sur le point de lui parler de ce nouveau garçon adorable, elle avait commencé à s'extasier à propos de son nouveau coup de cœur ; Jacob. Jacob, parmi tous les autres garçons. Il y a presque trois cents garçons au collège de Northborough et elle avait choisi Jacob.

– Oh mince, dit Jana en se frappant une joue et puis l'autre. C'est ça. Je me souviens tellement bien. Tu disais que tu avais des choses à nous raconter.

Elle plisse ses yeux.

– Tu aurais juste dû me le dire. Au lieu de ça tu n'as pas cessé de mentir. Même à propos de cette chanson idiote sur le gingembre.

Jana se lève du banc d'un bond et commence à sautiller sur place pour se réchauffer. Aucune de nous ne porte de manteau.

– J'aurais été un peu fâchée, si tu me l'avais dit ce jour-là, ajoute-t-elle, mais j'aurais compris.

Je fais non de la tête :

– Non, tu n'aurais pas compris Jana. Tu as l'habitude d'être la fille qui a plein de coups de cœur et tu as aussi l'habitude que les garçons t'aiment bien. Tu es si belle et marrante et fofolle. En général, les choses se passent comme tu veux qu'elles se passent.

Jana tripote une des lanières de son sac :

– D'accord, j'aurais été fâchée. Mais j'aurais surmonté. J'aurais fini par le surmonter.

Puis, elle réfléchit une seconde :

– Maintenant tout ce truc autour du Friendly Bean a bien plus sens !

J'acquiesce :

– Ah, et d'ailleurs Elvie y travaille maintenant !

Je lui décris les secrets d'Elvie, son boulot au Friendly Bean et son projet d'apprendre la contrebasse électrique et de créer son propre groupe. Je lui raconte que mes parents ne voulaient pas qu'elle travaille de peur que sa scolarité en souffre. Et comment elle leur a prouvé le contraire.

– Ouais, bravo Elvie ! dit Jana, et elle se laisse retomber sur banc.

– Oui, je réponds.

– Maintenant on peut avoir une réduc' au Friendly Bean ?

– Peut-être...

Et je me décide à lui demander ce que j'ai vraiment peur de lui demander :

– Alors tu n'es plus si fâchée ?

Jana regarde ses mains posées sur la table en métal.

– Non je ne suis plus vraiment fâchée. Je veux dire, j'étais fâchée, mais je n'avais pas compris, me dit-elle en me regardant avec des yeux pleins de bienveillance. Je pensais que tu avais fait ça derrière mon dos. Mais vraiment, c'est un malentendu. Et c'est idiot de prétendre que quelqu'un nous appartient – en plus Jacob s'intéresse beaucoup plus à toi.

Elle fait une pause. Jana fait rarement des pauses au milieu de ses phrases. Elle ressemble à ces lapins électriques qui n'ont jamais besoin qu'on change leurs piles.

– Maintenant à propos de mon coup de cœur... poursuit-elle.

– Je peux vraiment dire à Jacob, tu sais, d'oublier le truc qu'il y a entre nous. Ça ne vaut pas la peine de...

– Je ne l'aime pas, ose dire Jana. Je n'aime pas Jacob.

– Quoi ?

C'est maintenant à moi de bondir du banc et de sautiller pour me réchauffer. Je ne comprends teeeeellement rien.

– Je veux dire que, bien sûr, je l'aime bien. Mais, il y a quelqu'un d'autre. Lukas, dit-elle en rougissant.

– Mais tu te plains tout le temps de lui !

– Ouais, bon, je crois que je l'aime bien. Beaucoup même.

Je cesse de sautiller :

– Vraiment ? Ça alors. C'est pour ça que tu m'as demandé ce que je pensais de lui ! Je n'avais absolument pas compris, dis-je en mettant ma main sur la bouche.

Elle acquiesce et fait un sourire marrant :

– Oui, vraiment. Il est tellement drôle. Je n'arrête pas de rire quand je suis avec lui. Je crois que je ne voulais pas le reconnaître, mais il me plaît !

– Donc tu me pardonnes ? je demande pleine d'espoir.

– Je suis vraiment désolée de t'avoir rejetée de ma soirée pyjama, dit Jana en secouant la tête. Ce n'était pas bien.

– Bah, comment pouvais-tu connaître la vérité vu que je te l'avais cachée ? dis-je en regardant le sol où une ligne de fourmis part se réfugier dans la cantine. En plus je crois que ça m'a aidée pour le débat d'histoire-géo.

– Je sais, dit Jana. Tu étais tellement survoltée. Je ne t'avais jamais vue comme ça. Tu étais vraiment incroyable dans tout ce que tu as dit.

Je repense à ce débat. Alors que je croyais m'effondrer, je me suis sentie confiante, même douée pour cela. Je crois que j'aimerais en faire d'autres de ce genre. Mon père est au barreau, peut-être qu'il m'a transmis certains de ses gènes d'avocats.

– Merci. En fait, j'ai vraiment bien aimé faire ça, dis-je. Peut-être que je pourrais aller au club des Débatteurs cet hiver, à la place du foot. J'aimerais bien essayer. Ça pourrait être mon truc.

– C'est génial, dit Jana. Bien sûr, tu me manquerais dans l'équipe de foot. Mais on se verrait toujours à l'école et le week-end.

– Tout à fait.

Les yeux de Jana brillent et des fossettes apparaissent au coin de sa bouche.

– Alors, maintenant qu'on se reparle, lui dis-je en souriant, je peux te donner ça.

J'ouvre la fermeture Éclair de mon sac et j'en sors le paquet cadeau que j'ai fait pour Jana.

– Je l'ai apporté à l'école en me disant qu'on pourrait peut-être se réconcilier.

Je le tends à Jana, qui l'ouvre impatiemment en déchirant le fragile papier cadeau. Elle voit d'abord le porte-clés en argent sur lequel on peut lire « Toute fille, aussi forte soit-elle, a besoin d'une meilleure amie. » Elle craque :

– J'adore !

– Il y a autre chose, dis-je. Regarde !

Jana farfouille dans le papier cadeau et tombe sur une petite boîte blanche. En ouvrant le couvercle, elle découvre le collier avec les perles en ballons de foot.

– Dingue !

Tout son visage s'éclaire. Elle regarde attentivement le collier. Elle secoue la tête, surprise :

– Je voulais avoir ce collier ! Je voulais vraiment l'avoir. Mais il était trop cher et...

Elle me regarde encore plus attentivement, ses sourcils se relèvent d'étonnement.

– Comment t'as su ?

– Ce jour-là, au centre commercial, tu te souviens ? Quand on achetait des trucs pour ta soirée pyjama et pour décorer le casier de Jacob. J'ai vu comment tu regardais ce collier quand on est passées devant la bijouterie. Ça semblait évident que tu le voulais.

– Évident pour toi, parce que tu es ma meilleure amie, ajoute-t-elle calmement... Et je voulais te dire... je savais aussi.

– Qu'est-ce que tu savais ?

– Je savais que tu aimais bien Jacob. Et qu'il t'aimait bien. Je le voyais pendant le déjeuner et pendant les cours d'histoire-géo. Au début, j'ai juste essayé de l'ignorer. Mais honnêtement, c'est dur de ne pas le voir.

En entendant ça, j'ai des papillons dans le ventre. Tout est rose et pétillant.

– Vraiment ?

– Oui, et je comprends.

Elle regarde attentivement le cadeau puis me regarde et ajoute :

– Je t'aime.

– Je t'aime aussi.

Et je me mords la lèvre inférieure.

Jana regarde ma coiffure :

– J'aime vraiment beaucoup ton bandeau, assorti à ta chemise.

– Merci ! C'est Elvie qui me l'a donné.

Je l'enlève et le fais passer autour de mes doigts.

– Vraiment ? Elle ne fait jamais des trucs comme ça.

– Elle voulait me faire plaisir.

Je repense à la conservation qu'on a eue avec Elvie dans le salon dimanche. Parfois, il faut juste pardonner.

– On va être bien en retard en cours, là. Mais ça valait la peine, dis-je. Ah et il y a encore une chose. Il faut que je te fasse un gros câlin de joyeux anniversaire ! dis-je en laissant échapper un soupir ravi et en tendant les bras vers Jana.

Elle m'embrasse à son tour :

– Tu sais, il va vraiment falloir que j'essaie ce truc au chocolat vanillé avec Lukas.

– Ça marche plutôt bien, je dis. Assure-toi seulement de ne pas prendre une boisson chaude. Je pense que le thé glacé, c'est plus prudent et ça impressionne bien. Tu devrais trouver...

– ... la boisson préférée de Lukas !

Et on éclate toutes les deux de rire.

– Qui se ressemble... dis-je.

– ... s'assemble ! me répond-elle en criant.

CHAPITRE 23

LE SECRET DÉVOILÉ

Mardi passe super vite. Je me sens tellement mieux, soulagée et si contente. Je regarde et j'apprécie Jana d'une tout autre manière maintenant. Sa façon de rebondir quand elle marche, de m'envoyer des textos pour me rappeler qu'octobre c'est le mois du popcorn. Et surtout, sa façon de penser que tout ce que je fais est génial. Quand, par erreur, je mets des chaussettes qui ne sont pas assorties, elle trouve ça cool et artistique. Elle me supplie de l'autoriser à regarder mes petits dessins idiots. Et elle est vraiment contente pour moi que je me sois révélée dans l'expérience des débats.

Les déjeuners sont cent fois plus simples. Vraiment. Je n'ai pas à me sentir coupable à chaque fois que je ris à une blague de Jacob, ou quand je le regarde discrètement pendant le repas. Je peux être complètement moi-même – je n'envoie plus de signaux contradictoires.

Quelques jours plus tard, en histoire-géo, Mme Yoon nous annonce que nous n'allons plus travailler avec les mêmes partenaires. À partir de la semaine prochaine, on va commencer un chapitre sur l'histoire de la Rome antique et on formera de nouveaux groupes.

Donc aujourd'hui c'est le dernier jour où je serai assise à côté de Jacob, avec nos bureaux l'un contre l'autre. Quand j'en prends conscience, cela me bouleverse. Pendant le quart d'heure suivant, Mme Yoon souhaite qu'on échange entre partenaires sur ce que le débat a représenté pour nous, ce qu'on peut améliorer et ce qu'on a apprécié dans le fait de travailler ensemble.

– Je ne pense pas qu'on puisse améliorer quoi que ce soit. Travailler avec toi c'était super, me dit Jacob en me topant la main.

– Merci, dis-je en me sentant soudain intimidée.

– Tu étais très déterminée, notamment pendant la réfutation.

– Ouais.

Une partie de moi voudrait expliquer pourquoi j'étais vraiment chauffée à blanc, mais je sais que ce serait compliqué de rentrer dans les détails.

– Il n'y a rien à améliorer, me dit Jacob. C'est difficile d'ajouter du génie à quelque chose de déjà génial.

– Ouais, mais on ne se verra plus autant, dis-je en griffonnant un coin de mon cahier.

– Bah, il y a les déjeuners. Et on se croise parfois dans les couloirs.

– Ce n'est pas pareil.

– Ouais, c'est vrai.

Et là, j'arrive à exprimer le truc le plus osé que j'aie peut-être jamais dit :

– Ça te dirait que l'on sorte ensemble un de ces jours ?

Il me regarde et les secondes s'éternisent.

– Ouais, ça serait super. Qu'est-ce que tu dirais de ce vendredi après l'école ? On pourrait se retrouver au Friendly Bean ?

Oui ! Oui ! Oui ! Je voudrais me lever de ma chaise pour faire une danse de la victoire. Au lieu de ça, j'inspire et j'expire calmement afin d'essayer de contenir ma joie.

– D'accord. Ça serait génial, je réponds.

Est-ce que j'ai été trop extatique ?

Quoi qu'il en soit, il ne retire pas son offre :

– Alors disons vers 5 heures ? Faut que je sorte le chien de mes voisins. Ils sont partis en voyage.

– J'adore les chiens. Si j'avais mon mot à dire, Morty, mon labradoodle, aurait un frère ou une sœur. Et Jana a un caniche. Il s'appelle Gus.

– Je me souviens. Je l'ai vu près du terrain de foot la semaine dernière quand tu essayais de me fuir, glisse-t-il en se penchant vers moi.

Je sens que je rougis.

– Désolée. Ça n'avait rien à voir avec toi. C'était un truc entre Jana et moi.

Il fait un geste de la main :

– Ça va. Tu n'as pas à m'expliquer. Je pense que je comprends. Peut-être que ç'a à voir avec la raison pour laquelle tu t'es aussi enfuie au centre commercial ?

– Ouais, un truc du genre.

Mes joues deviennent encore plus chaudes. Mais il sourit et je souris, et alors, la fin de notre partenariat ne m'évoque plus du tout la fin de quelque chose.

Le reste de la semaine ressemble à un énorme compte à rebours jusqu'à la rencontre avec Jacob au Friendly Bean.

Avec mon côté paranoïaque je redoute que, d'une manière ou d'une autre, ça ne marche pas. Par exemple je me dis que ses parents vont soudainement le réinscrire dans son ancienne école privée. Ou que je vais tomber malade. En fait, ça, ce n'est pas complètement improbable : mercredi, Fiona est arrivée au collège avec une sorte de mal de ventre et a ensuite manqué l'école pendant deux jours, mais pas avant d'avoir partagé ses microbes en toussant devant tout le monde, dont moi, en cours d'histoire-géo.

Mais vendredi après-midi arrive enfin, *enfin* !

Je gare mon vélo dans l'abri à côté du Friendly Bean et sors mon téléphone de ma poche. Dehors, le ciel est aussi blanc que du lait. J'aurais voulu qu'il fasse beau et que le temps soit parfait aujourd'hui. J'ai trois minutes d'avance. Que faire ? Attendre ici qu'il soit exactement 5 heures ? Ou bien entrer tout de suite dans le café ? Quelques mères avec leurs poussettes passent devant moi et entrent. La porte se referme derrière elles dans un cliquetis.

Je me prépare à plonger… j'ouvre la porte et j'entre. Jacob est déjà là, il fait la queue. Il me fait un signe de la main. Je lui réponds de même.

J'avance et le rejoins.

– Alors, qu'est-ce que tu aimerais prendre ? dit-il.

– Tu me demandes vraiment ?

En souriant, il secoue la tête :

– Non pas vraiment. Mais je me disais que tu voudrais peut-être manger quelque chose…

Et avant même que je puisse répondre, il poursuit :

– … comme un muffin au chocolat vanillé !

– C'est exactement ce que j'allais dire.

– Alors je dois sans doute être médium. Car je crois aussi savoir que tu aimerais également un frappé au chocolat vanillé.

On entend de la musique sud-américaine dans le café. Un panneau lumineux sur lequel est écrit « Happy » correspond bien à mon humeur du moment. Je repère Elvie qui travaille derrière le comptoir.

Elle me sourit en chauffant du lait à la vapeur.

Jacob et moi discutons d'Halloween. On pense que ça devrait être un jour férié officiel et que personne ne devrait aller à l'école ce jour-là.

Bientôt, c'est à nous. Elvie me fait un signe de tête en me disant bonjour mais ne dit rien qui pourrait m'embarrasser. Par exemple un truc comme : « Pourquoi t'as pas fait ton lit ce matin ? », ou : « T'as une feuille de salade entre les dents. » Rien qui me ferait me sentir comme une petite fille.

Jacob paie. Je ne m'y attendais pas du tout. Je sors des billets de mon portefeuille pour le rembourser mais il secoue la tête en disant :

– La prochaine fois. Là c'est pour moi.

La prochaine fois ? J'adore le son de cette phrase. Mes yeux parcourent le menu.

– Ma sœur nous a fait le muffin et le brownie à moitié prix, au tarif salarié.

– C'est gentil, dit Jacob en souriant.

– C'est bien de connaître des gens haut placés, lui dis-je en lui donnant un petit coup de coude.

– Faut que je demande à mon frère de travailler chez Ben & Jerry's alors, dit-il.

On trouve une petite table ronde à la terrasse du café.

On s'assoit. On regarde tous deux attentivement nos boissons.

– C'est sympa ici, il dit.

– Ouais, c'est vraiment sympa.

Je lève les yeux et souris.

Il tend le bras au-dessus de la table et attrape ma main.

On est en train de se tenir la main… On est en train de se tenir la main !

Sa peau est chaude.

– Il fallait vraiment que je fasse ça, dit-il en souriant.

Nos yeux se croisent et, pour la première fois, je remarque que ses cheveux sont exactement de la couleur du chocolat vanillé.

C'est sûr, le chocolat vanillé c'est vraiment ce que je préfère. Et ça, ce n'est pas un secret.

PAPIER À BASE DE FIBRES CERTIFIÉES

Le Livre de Poche s'engage pour l'environnement en réduisant l'empreinte carbone de ses livres. Celle de cet exemplaire est de :
300 g éq. CO_2
Rendez-vous sur www.livredepoche-durable.fr

« Pour l'éditeur, le principe est d'utiliser des papiers composés de fibres naturelles, renouvelables, recyclables et fabriquées à partir de bois issus de forêts qui adoptent un système d'aménagement durable. En outre, l'éditeur attend de ses fournisseurs de papier qu'ils s'inscrivent dans une démarche de certification environnementale reconnue. »

Édité par la Librairie Générale Française - LPJ
(58 rue Jean Bleuzen, 92 170 Vanves)

Composition Nord Compo
Achevé d'imprimer en Espagne par CPI
Dépôt légal 1re publication novembre 2020
44.1990.4/ 01 - ISBN : 978-2-01-711937-1
Loi n° 49-956 du 16 juillet 1949 sur les publications destinées à la jeunesse
Dépôt légal : novembre 2020